D1934907

Lensey Namioka

Ein Meer dazwischen, eine Welt entfernt

Lensey Namioka

Ein Meer dazwischen, eine Welt entfernt

Roman

Aus dem Englischen von
Anna Blankenburg

BELTZ
& Gelberg

Lensey Namioka wurde in Peking geboren und lebt schon seit ihrer Kindheit in den USA. Sie ist Autorin zahlreicher Kinder- und Jugendbücher und wohnt mit ihrer Familie in Seattle. Bei Beltz & Gelberg erschien von ihr bereits der Roman *Ailins Weg*, die Geschichte von Yanyans Freundin Ailin.

www.beltz.de
© 2004 Beltz & Gelberg
in der Verlagsgruppe Beltz · Weinheim Basel
Alle Rechte der deutschsprachigen Ausgabe vorbehalten
Die Originalausgabe erschien 2002 unter dem Titel
An Ocean Apart, a World Away
bei Random House Children's Books/Delacorte Press, New York
© 2002 by Lensey Namioka
Neue Rechtschreibung
Lektorat: Kathrin Rau
Einband: rgb/Everton, Corbis und zefa, image 100
Satz und Bindung: Druckhaus »Thomas Müntzer« GmbH
Druck: Druckhaus Beltz, Hemsbach
ISBN 3 407 80923 9
1 2 3 4 5 08 07 06 05 04

果 *Erstes Kapitel* 候

»Kommt überhaupt nicht infrage!«, sagte Vater. Sonst konnte ich ihn dazu bringen, dass er die Dinge so sah wie ich, aber diesmal war er unerbittlich. »Schanghai ist eine der gefährlichsten Städte der Welt! Sogar in Europa redet man von ›schanghaien‹ und das bedeutet ...« Er stockte verlegen und fuhr dann fort: »Jedenfalls ist das eine üble Stadt. Ich kann nicht erlauben, dass sich meine Tochter schutzlos den Gefahren dort aussetzt.«

Wir aßen weiter und eine Weile lang sagte keiner ein Wort. Mir war der Appetit vergangen und ich stocherte nur noch zwischen den Reiskörnern in meiner Schale herum.

In wenigen Tagen würde meine Freundin Tao Ailin auf einem Dampfschiff von Schanghai aus nach Amerika abreisen, und es war gut möglich, dass ich sie niemals wieder sehen würde. Ich wollte ihr so schrecklich gerne alles Gute wünschen, bevor das Schiff abfuhr.

Dann sprach Mutter und zu meiner Überraschung ergriff sie meine Partei. »Yanyan und Ailin stehen sich sehr nahe, und ich kann gut verstehen, dass sie ihre Freundin noch ein letztes Mal sehen will.«

Vater dachte eine Zeit lang nach und sagte schließlich:

»Also gut, Yanyan kann fahren, wenn wir jemanden finden, der sie begleitet und beschützt.« Einen Augenblick später meinte er: »Wie wäre es mit meinem Sekretär Xiao Lin?«

»Wir können Yanyan doch nicht in Begleitung eines Mannes reisen lassen, der nicht mit uns verwandt ist!«, rief Mutter entsetzt.

»Außerdem ist der bestimmt kein Schutz«, sagte ich. Der Sekretär war ein unterwürfiger kleiner Mann, der sich schon vor Schreck verkriechen würde, wenn ihm eine Küchenschabe über den Weg liefe. »Wenn da ein Bösewicht aufkreuzt, muss *ich* ihn beschützen.«

Hilfe kam von völlig unerwarteter Seite. Ältester Bruder räusperte sich. »Also, ich hatte sowieso daran gedacht, nach Schanghai zu reisen. Mein Freund Liang Baoshu möchte dort ein paar Leute treffen, und er hat gefragt, ob ich ihn nicht begleiten will. Vielleicht kann Yanyan mit uns kommen.«

Ältester Bruder hatte Liang Baoshu schon einmal als Mitstudenten in der Kampfsportklasse erwähnt. Nach alter Tradition sollte ein junger Mann aus gutem Hause sowohl in *wen* als auch in *wu* ausgebildet sein. Er musste also belesen sein, aber auch die Kampfkunst beherrschen. Meine beiden älteren Brüder hatten bei einem Meister Unterricht in Kung-Fu. Zweiter Bruder hatte nach einer Weile damit aufgehört, aber Ältester Bruder hatte den Unterricht fortgesetzt, und wir wussten, dass er einer der besten Schüler seiner Klasse war. Dort gebe es noch einen herausragenden Schüler, hatte er einmal gesagt, sein Name sei Liang Baoshu.

Meine Eltern beschlossen, Liang Baoshu für den folgenden Abend zum Essen einzuladen, damit sie sich selbst ein Bild davon machen könnten, ob er die geeignete Reisebegleitung für mich sei. Ich freute mich riesig. Ich hatte schon immer Interesse an Kung-Fu gehabt und nun würde ich einen der besten Studenten der Klasse kennen lernen. Doch das Allerbeste daran war, dass ich nun nach Schanghai reisen und Ailin wenigstens noch einmal sehen konnte.

»Das ist Liang Baoshu«, stellte Ältester Bruder seinen Freund vor.

Der verbeugte sich erst vor meinem Vater und dann vor meiner Mutter. Mich beachtete er gar nicht und Ältester Bruder stellte mich auch nicht vor.

So konnte ich den Besucher ungestört betrachten. Er war sehr groß, was mich vermuten ließ, dass er Nordländer war. Unsere Familie, die Zhangs, lebte schon seit Generationen in Nanking. Unsere Stadt liegt in China auf halber Höhe und heißt wörtlich »Südliche Hauptstadt«, genau wie Peking »Nördliche Hauptstadt« bedeutet. So bezeichneten wir uns normalerweise als Südländer. Die meisten Nordländer waren größer als wir, hatten hohe Wangenknochen und den Ruf, schweigsam zu sein. Sie sahen sich als Menschen der Tat und nicht des Wortes. Wir Südländer sagten, sie könnten sich einfach nicht so gut ausdrücken.

Liang Baoshu war nicht nur groß, sondern bewegte sich auch sehr geschmeidig. Ich konnte mir gut vorstellen, dass er einer der Besten in der Kampfsportklasse war. Als er zu reden begann, war ich mir sicher, dass er ein Nordländer war, denn er sprach mit Pekinger Akzent.

Wir setzten uns zum Essen, die Männer auf die eine, die Frauen auf die andere Seite des Tischs. Ich hatte gehört, dass in anderen Familien Männer und Frauen gemischt saßen. Wir waren zwar modern, aber nicht so modern!

Wie gewöhnlich reichte ich Mutter den Arm, als wir zum Esstisch gingen. Sie hatte eingebundene Füße und war beim Gehen etwas wackelig. Nachdem ich Mutter geholfen hatte, sich zu setzen, und mich wieder aufrichtete, sah ich, wie unser Besucher erst meine Füße betrachtete und mir dann direkt ins Gesicht blickte.

»Hat dir mein Bruder das nicht erzählt?«, fragte ich. »Ich habe keine eingebundenen Füße.«

Liang Baoshu wirkte einen Moment lang etwas verlegen, fing sich aber gleich wieder. »Mandschufrauen haben auch keine eingebundenen Füße«, sagte er.

Vater beherrschte das Tischgespräch. Manchmal widersprachen ihm meine Brüder offen, denn im Gegensatz zu vielen anderen chinesischen Männern erlaubte er das seinen Kindern. Natürlich freute er sich dann umso mehr, wenn er Recht behielt. An diesem Abend fing er ein Gespräch über Fahrzeuge an, die nicht von Männern gezogen, sondern von Maschinen angetrieben wurden.

Dieses Mal nahm Mutter an der Unterhaltung teil. Normalerweise war sie zu schüchtern, sich ins Gespräch einzumischen, vor allem wenn männliche Gäste anwesend waren. Aber in letzter Zeit hatte Vater sie ermutigt, ihre Meinung zu sagen. (Auch die Tatsache, dass ich oft mitredete, zeigte allmählich Wirkung bei Mutter.) »Ich dachte, es gäbe schon Fahrzeuge, die von Maschinen angetrieben werden«, sagte sie leise. »Fahren die nicht auf diesen Straßen aus Eisen, die überall im Land gebaut worden sind? Es gibt sogar eines, das die ganze Strecke bis nach Peking fährt!«

»Du denkst an Eisenbahnzüge«, sagte Vater. »Ich meine etwas anderes. »Ich spreche von Motorfahrzeugen, die höchstens drei bis vier Menschen befördern können. Die brauchen keine Schienen, sondern fahren auf ganz normalen Straßen. Denkt an meine Worte! Wir werden noch erleben, dass eines Tages die Straßen voll solcher Motorfahrzeuge sind.«

Wir anderen sahen skeptisch aus. Ich konnte es mir einfach nicht vorstellen, dass unsere Straßen mit diesen Motorfahrzeugen verstopft sein sollten. Die Rikschamänner würden das schon nicht zulassen, und ich stellte mir vor, was das für ein Durcheinander gäbe, wenn so ein Ding mit einem Maultierkarren ins Gehege käme!

Ältester Bruder lächelte zu unserem Gast hinüber. »Die so genannten Motorfahrzeuge werden wohl einmal deine geliebten Pferde ersetzen.«

Liang Baoshu lächelte zurück. »Vielleicht in den Städten, aber nicht auf dem weiten, offenen Land. Es gibt nichts Schöneres, als ein gutes Pferd zu reiten.«

Wenn er über das Reiten sprach, glänzten seine Augen, und ich konnte ihn mir leicht vorstellen, wie er wie der Wind über die Felder ritt. Ich musste ihm wohl mit offenem Mund zugehört haben, denn wieder blickte er mich direkt an.

Ich wurde rot und schlug die Augen nieder. Ich wurde nicht oft rot und ich war auch fast nie verlegen. Daher bemühte ich mich, den Kopf zu heben und seinem Blick erneut zu begegnen. Was sah er, wenn er mich anblickte? Ich wusste, dass ich nicht schön war. Ich hatte keinen Kirschmund, wie es die Schriftsteller nennen, keine wie Schmetterlingsflügel geschwungenen Augenbrauen und keine Wangen wie Pflaumenblüten. Ich dachte eher, dass meine Wangen zu rund wären. Mutter nannte mich gerne ihr niedliches kleines Dickerchen, aber den Worten einer Mutter sollte man nicht unbedingt vertrauen. Jedenfalls wollte ich kein Dickerchen sein, sondern eine Kriegerin wie die in den Abenteuerromanen, die ich ständig las. Ich fragte mich, ob unser Gast wohl Mädchen mochte, die mutig und tatkräftig waren.

Als das Essen zu Ende war, sagte Ältester Bruder, er wolle seinem Gast ein Buch zeigen, das ihr Lehrer ihnen empfohlen hatte. Liang Baoshu verbeugte sich höflich vor meinen Eltern und dankte ihnen für ihre Gastfreundschaft. Als er den Tisch verließ, blickte er mich noch einmal an. Es war ein so schneller Blick, dass ich ihn nicht bemerkt hätte, wenn ich nicht darauf gewartet hätte.

Am Abend bevor wir nach Schanghai abfuhren, dachte ich an meine Freundschaft mit Tao Ailin zurück. Zum ersten Mal waren wir uns in der MacIntosh-Schule begegnet, die von amerikanischen Missionaren geleitet wurde. Ailin und ich gehörten zu den wenigen Mädchen, deren Füße nicht eingebunden waren, und wir waren sofort Freundinnen geworden.

Doch Ailins nicht eingebundene Füße waren der Grund für ihre Probleme. Ihr strenger Onkel hatte das als schweren Verstoß angesehen und war der Meinung, sie sei nun als Frau nichts mehr wert. Nach dem Tod ihres Vaters kam die Familie Tao in wirtschaftliche Schwierigkeiten, und nachdem der Onkel ihr verboten hatte, weiter die Schule zu besuchen, wurde Ailins Situation zu Hause so unerträglich, dass sie ihre Familie verließ und als Kindermädchen bei den Warners arbeitete, einer amerikanischen Missionarsfamilie.

Unsere Familie, die Zhangs, war besser dran, weil wir es geschafft hatten, unser Vermögen rechtzeitig vor der Revolution von 1911 in Sicherheit zu bringen. Bei Ailins Familie kamen die Einkünfte zum großen Teil von Ländereien, die nun verschiedene Kriegsherren übernommen hatten. Die Revolution lag inzwischen schon zehn Jahre zurück, aber die Verhältnisse in China waren noch immer sehr instabil. Die Zentralregierung kontrollierte nur einen kleinen Teil des Landes, während der Rest von mächtigen Kriegsherren beherrscht wurde, die zum Teil nicht viel besser waren als Banditen.

Es war einer der traurigsten Tage meines Lebens, als Ailin von der Schule gehen musste, weil ihr Onkel beschlossen hatte, dass er das Schulgeld nicht länger aufbringen konnte. Während der beiden Jahre, die Ailin bei den Warners arbeitete, hatte ich sie nur einige wenige Male gesehen. Ich glaube, sie vermied den Kontakt mit mir und den anderen Mädchen aus ihrer ehemaligen Klasse. Unsere Englischlehrerin, Miss Gilbertson, hatte sie einmal zu einer Party für ihre Schülerinnen eingeladen, doch Ailin schien sich die ganze Zeit über sehr unbehaglich zu fühlen und kam nie wieder zu einem Treffen. Ich versuchte sie dann zu mir nach Hause einzuladen, aber sie sagte immer wieder, ihre Pflichten als Kindermädchen nähmen sie zu sehr in Anspruch und daher könne sie nicht kommen. Ich habe sie dann nicht mehr bedrängt.

Und jetzt war Ailin drauf und dran, mit den Warners nach Amerika zu fahren. Sie würde den Ozean überqueren und in ein Land kommen, das fast am anderen Ende der Welt lag! Ein Teil von mir beneidete sie um dieses Abenteuer. Aber Amerika war nicht meine Zukunft. Ich wusste schon, was ich machen und wie meine Zukunft aussehen würde.

Vor vier Jahren, mit zwölf, hatte ich beschlossen, Ärztin zu werden. Unser Hausarzt war ein würdevoller Herr, der sich oft mit der Hand über seinen langen Bart strich und mit tiefer Stimme über die philosophischen Aspekte verschiedener Krankheiten sprach. Von dem, was er sagte, habe ich nichts verstanden, aber von seinem Auftreten war ich tief beeindruckt.

Wenn er seine Patienten untersuchte, fühlte er den Puls an bestimmten Stellen des Körpers. Bei einer Frau tastete er den Puls an ihrem ausgestreckten Arm ab, während er sittsam hinter den Vorhängen ihres Betts stand. Nachdem er den Puls gemessen hatte, diagnostizierte er die Krankheit und verschrieb eine Kräutermedizin.

Ich war immer wieder voller Ehrfurcht, wie der Doktor eine Krankheit einfach dadurch feststellen konnte, dass er den Puls eines Menschen maß. Dann geschah etwas, das mich nachdenklich machte. Eines unserer Dienstmädchen schnitt sich tief in die Hand, die danach rot wurde und dick anschwoll. Der Hausarzt wurde gerufen und wie üblich fühlte er den Puls und ließ dabei eine seiner philosophischen Abhandlungen los. Schließlich verschrieb er ein gelbliches Pulver, das, in heißem Wasser aufgelöst, dem Mädchen zu trinken gegeben wurde.

Während der Doktor das Mädchen behandelte, sah mein Vater eher skeptisch zu. Er war in Europa gewesen, hatte zwei Jahre in London gelebt und dort in der chinesischen Botschaft gearbeitet. Seit dieser Zeit war er von der westlichen Naturwissenschaft und Medizin fasziniert. In Europa hatte Vater gehört, dass Alkohol, zum Beispiel ein starker Schnaps, helfen konnte, das Gift in einer

Wunde zu bekämpfen. Nachdem der Hausarzt gegangen war, beschloss Vater, es mit dieser neuen Behandlung zu versuchen.

»Bring einen starken Schnaps«, sagte er zu Mutter.

Mutter holte eine Flasche von unserem besten *Wujiapi*-Schnaps und Vater goss etwas davon über die Wunde. Das Mädchen schrie auf, sprang aus dem Bett und stieß dabei Mutter um und zwei andere Dienstmädchen, die sie festgehalten hatten. Sie heulte und jammerte noch eine ganze Weile, dann schlief sie völlig erschöpft ein. Nach ein paar Tagen ging es ihr allmählich besser.

Diesen Vorfall habe ich nie vergessen. War es der Schnaps, der das Mädchen gesund gemacht hatte? Oder war es das Pulver des alten Hausarztes? Wie konnte es zwei so radikal unterschiedliche Methoden geben, eine Wunde zu behandeln? Damals beschloss ich, Ärztin zu werden. Ich wollte über die westliche Medizin ebenso Bescheid wissen wie über die chinesische.

Von da an versuchte ich immer zuzusehen, wenn der Hausarzt jemanden aus unserem Haushalt behandelte. Ziemlich bald fühlte sich der Arzt durch meine Neugier gestört und einmal hat er mich regelrecht aus dem Zimmer geworfen. Auch wenn Vater nie mehr *Wujiapi*-Schnaps direkt in eine Wunde goss, so ordnete er doch an, dass die Umgebung der Wunde damit gereinigt wurde, wenn sich jemand verletzt hatte. Ich übernahm eifrig die Aufgabe, das Gefäß mit dem Schnaps zu holen, und half auch, die Wunde zu reinigen. Nach einiger Zeit begannen unsere Leute zu sagen, dass die Wunden so tatsächlich schneller heilten, und einige glaubten sogar, ich würde ihnen Glück bringen. Und ich war immer mehr davon überzeugt, dass Alkohol für die Wunden besser war als das gelbe Pulver des Arztes.

Zu dieser Zeit besuchte ich schon die MacIntosh-Mädchenschule der amerikanischen Missionare. Einige unserer Verwandten fanden es schockierend, dass ich auf eine Schule der Ausländer ging, die mich nur mit seltsamen modernen Ideen voll stopfen würden. »Die Dinge haben sich seit der Revolution geändert«, sagte Vater. »Es ist höchste Zeit für Yanyan, dass sie sich mit neuen und modernen Ideen auseinander setzt.«

In der Schule bekam ich eine Menge Ärger, weil ich laut war und gerne den Lehrern widersprach. Eines Tages fragte unser Lehrer, was wir nach dem Schulabgang zu tun beabsichtigten. Und da fand ich seine Anerkennung, als ich verkündete, ich wollte westliche Medizin studieren.

Der Entschluss, Medizin zu studieren, wurde von meinem Vater unterstützt. Aus Europa hatte er einige faszinierende Instrumente mitgebracht, darunter eines, das Mikroskop genannt wurde. Er ließ mich durch das Glas der Öffnung gucken, und ich sah dort winzige Pünktchen, die sich bewegten. Vater sagte mir, das seien Bazillen, die man mit bloßem Auge nicht sehen könne. Und er sagte, einige dieser Bazillen könnten die Ursache gewesen sein, dass die Hand unseres Mädchens so angeschwollen war. Es gefiel ihm, dass ich eines Tages etwas über Bazillen lernen würde.

In China gab es einige moderne Krankenhäuser westlicher Art. Die meisten waren mit ausländischer Hilfe gegründet worden, und an einigen gab es sogar Ärztinnen, die in Japan, Amerika oder Europa ausgebildet worden waren. Meistens beschäftigten sie sich mit Geburtsproblemen, doch Vater erzählte von einer Ärztin, die Chirurgin geworden war und Menschen mit einem scharfen Messer aufschnitt, das Skalpell genannt wurde! Das klang nach einer echten Heldin, und ich fragte mich, ob ich jemals so eine Ärztin werden könnte wie sie.

»Wenn Yanyan als Ärztin arbeitet, ruiniert das ihre Heiratschancen!«, erklärte meine Tante, eine unserer konservativeren Verwandten. »Kein anständiger Mann würde eine Frau heiraten wollen, die außerhalb des Hauses arbeitet.«

»Ich will gar nicht heiraten«, erklärte ich. »Ich werde meinen Lebensunterhalt selbst verdienen.«

Und das hatte ich noch immer vor – wenigstens bis ich Liang Baoshu kennen lernte.

Von Nanking nach Schanghai sind es rund fünfundsiebzig Kilometer und die Fahrt würde fünf Stunden dauern. Das war meine zweite Reise mit dem Zug. Die erste war ein Klassenausflug im letzten Jahr gewesen, als wir die berühmten Gärten von Suzhou besuchten. Wir waren in Gruppen von acht Mädchen pro Abteil aufgeteilt worden und ich erinnerte mich noch gut an das aufgeregte Geschnatter der anderen. Dann wurde es einem der Mädchen schlecht, und wir mussten das Fenster öffnen, damit sie sich übergeben konnte. Unglückseligerweise wurde ein Teil des Erbrochenen wieder zurück nach drinnen geweht und dadurch wurde es noch einigen anderen übel. Das war keine Fahrt, an die ich mich gerne erinnerte.

Doch diese Reise war anders. Der Anlass war zwar traurig – der Abschied von meiner Freundin –, aber die Reise selbst war viel bequemer. Wir fuhren in einem Abteil der ersten Klasse und eine Zeit lang hatten wir drei den kleinen Raum für uns alleine. Ich saß am Fenster und Ältester Bruder neben mir. Mir gegenüber saß Liang Baoshu, und zuerst war ich zu schüchtern, ihn anzuschauen.

Im Abteil wurde es unangenehm warm, und ich versuchte, das Fenster zu öffnen, schaffte es aber nicht. Liang Baoshu stand auf, packte die Griffe und schob das Fenster halb hoch. In diesem Moment pfiff der Zug laut und machte einen Ruck. Wir taumelten beide. Und gerade als wir unser Gleichgewicht wiedergefunden hatten, wehte uns eine schwarze Rußwolke ins Gesicht.

Nachdem ich aufgehört hatte zu husten, öffnete ich die Augen und sah einen Fremden mit schwarzem Gesicht, der sich vor Lachen bog. Ich blickte noch einmal hin und erkannte Liang Baoshu. Er holte Luft, zeigte auf mein Gesicht und bekam einen neuen Lachanfall. Da wurde mir klar, dass mein Gesicht genauso schwarz war wie seins.

Ich tauchte ein Taschentuch in meine Teetasse und versuchte damit, mir den Ruß aus dem Gesicht zu wischen, verschmierte ihn dadurch aber noch mehr. Liang Baoshu machte dasselbe, und aus den Schmutzflecken in seinem Gesicht folgerte ich, dass ich genauso schlimm aussah. Ältester Bruder grinste breit, während er uns betrachtete und uns dann erklärte, dass wir wie Gassenkinder aussehen würden.

Danach verlor ich meine Befangenheit und konnte mich entspannen. Außerdem wurde ich hungrig. Beim nächsten Halt bemerkte ich Leute, die auf dem Bahnsteig etwas zu essen verkauften. Als einer der Verkäufer sah, wie ich meine Nase an der Fensterscheibe platt drückte, grinste er und hielt mir eine Schüssel mit Suppennudeln entgegen. Ich sah zu Ältester Bruder, aber der schüttelte den Kopf. »Das Risiko sollten wir nicht eingehen. Man weiß nie, wie sauber das Essen dieser Leute ist.«

»Im Zug gibt es einen Speisewagen«, sagte Liang Baoshu und lächelte mich an. »Da können wir auf manierlichere Art zu Mittag essen.«

Der Gedanke, in einem Raum voller fremder Menschen zu essen, war aufregend, obwohl Mutter allein schon beim Gedanken daran blass geworden wäre. Aber ich wollte wissen, wo ich mein Gesicht waschen könnte, bevor ich mich in die Öffentlichkeit traute. Wieder wusste Liang Baoshu Bescheid. Ich hatte den Eindruck, dass er ein erfahrener Reisender war. »Am Ende des Waggons ist eine Kabine mit Waschbecken, Wasser und sogar einem Spiegel, wo man sich waschen kann.«

Ich fand nicht nur einen Waschraum vor, sondern auch eine Toilette. Da ich schon aus der MacIntosh-Schule eine Toilette mit Wasserspülung kannte, gelang es mir, sie zu benutzen, ohne mich zu blamieren.

Nachdem wir wieder einigermaßen sauber aussahen, gingen wir drei in den Speisewagen, in dem kleine, rechteckige Tische mit weißen Leinentischtüchern standen. Ein Mann in einer weißen Jacke geleitete uns zu einem Tisch. Als er sah, dass meine Füße nicht eingebunden waren, hob er die Augenbrauen. Wahrscheinlich dachte er, ich wäre eine Art Dienstmädchen, das die beiden jungen Männer begleitete, um sie zu bedienen.

Ältester Bruder bemerkte den Ausdruck des Mannes und seine Lippen wurden schmal vor Ärger. Ich hatte den Verdacht, dass er inzwischen bedauerte, mich mitgenommen zu haben.

Aber unsere Stimmung wurde besser, als wir uns gesetzt hatten und das Essen bestellten. Liang Baoshu gab die Bestellung auf. Das neue Erlebnis, in der Öffentlichkeit zu essen und etwas zu verspeisen, das von einem Fremden angeboten wurde, beschäftigte mich zuerst voll und ganz, aber nach einer Weile fing ich an, Liang Baoshu über Schanghai zu befragen, wo er offenbar schon einige Male gewesen war.

»Das Auffallendste an Schanghai ist der Einfluss der Ausländer«, sagte er bitter. »Bestimmte Teile der Stadt werden ganz offen von westlichen Mächten kontrolliert.«

»Stimmt es, dass Ausländer, die ein Verbrechen begehen, nicht bestraft werden, wenn das in einem von ihnen beherrschten Sektor verübt wurde?«, fragte ich. »Das ist doch, als wäre unser Land von fremden Eroberern besetzt!«

»Genau das ist es ja auch!«, sagte Ältester Bruder und bohrte sein Essstäbchen heftig in ein Stück Schweinefleisch. »Ein Teil unseres Landes ist tatsächlich Besatzungsland.«

»Das ist ja nicht das erste Mal«, sagte ich seufzend. »Schließlich haben uns die Mongolen im dreizehnten Jahrhundert erobert und die Yuan-Dynastie eingesetzt. Dann haben uns die Mandschus besetzt und die Quing-Dynastie errichtet. Und die sind wir bis zur Revolution vor zehn Jahren nicht losgeworden.«

Ältester Bruder richtete sich gerade auf. Ich fragte mich, ob ich etwas Falsches gesagt hatte. Dann blickte ich zu Liang Baoshu hinüber und sah, dass auch er mit steinernem und ausdruckslosem Gesicht dasaß. Schweigend nahm er sich von den gebratenen Bohnensprossen.

Schließlich brach Ältester Bruder das Schweigen. »Zumindest war es besser, von den Mandschus beherrscht zu werden, als von einem Haufen Ausländer mit großen Nasen und strohfarbenen Haaren!«

Wir beendeten unsere Mahlzeit, die eher einfach war, aber zumindest hatte sie uns die Mägen gefüllt, und kehrten in unser Abteil zurück. Dort fanden wir einen weiteren Insassen vor: einen Mann mit einer großen Nase und strohfarbenen Haaren.

Er war gerade dabei, sein Gepäck oben im Gepäcknetz zu verstauen, und lächelte uns an, als wir eintraten. »Haben Sie etwas dagegen, wenn ich das Abteil mit Ihnen teile?«, fragte er auf Englisch. Ich hatte auf der MacIntosh-Schule mehrere Jahre Englisch gelernt, und wenn ich auch nicht die Fähigkeiten meiner Freundin Ailin besaß, so verstand ich doch das meiste. Ältester Bruder und Liang Baoshu konnten überhaupt kein Englisch, aber es war offensichtlich, was der Fremde gefragt hatte.

Also nickten wir. Es war lästig, dass wir das Abteil nicht mehr für uns alleine hatten, aber wir hatten keinen Anspruch auf die übrigen Plätze.

Als der Mann sein Gepäck verstaut und sich gesetzt hatte, fragte Ältester Bruder leise: »Was passiert eigentlich, wenn die Großnasen eine Erkältung haben? Die müssen sich doch eine Schüssel unters Kinn halten, damit sie alles auffangen können.«

Nervös blickte ich zu dem Ausländer hinüber. Der sagte nichts, sondern lächelte uns nur kurz an. Dann zog er eine englische Zeitung heraus, schlug die Beine übereinander und begann zu lesen.

Ältester Bruder und Liang Baoshu fingen nun an, sich über alle Eigentümlichkeiten der Ausländer auszulassen. Da sie bisher nur sehr wenig mit Fremden zu tun gehabt hatten, gaben die beiden einfach nur das wieder, was sie so gehört hatten.

»Ausländer sind rein körperlich nicht in der Lage, chinesisch zu sprechen«, sagte Ältester Bruder. »Vielleicht wegen der Form ihrer Nase.«

»Sie können Feinheiten in der Kunst überhaupt nicht wahrnehmen«, sagte Liang Baoshu. »Ihre Augen sitzen zu tief, daher sind sie unfähig, die feinen Schattierungen einer Pinselzeichnung zu sehen. Deshalb sind auch die westlichen Ölgemälde so voller langweiliger Flecken mit grellen Farben.«

In dieser Art machten Ältester Bruder und Liang Baoshu weiter. Sie erklärten, dass Ausländer zu jeder Mahlzeit blutiges Fleisch essen mussten, dass sie sich zweimal am Tag rasieren mussten, weil sie so haarig waren, dass ihre Frauen einen schmalen Stahlzaun um die Hüfte tragen mussten, um nicht auseinander zu gehen ...

Mir wurde es sehr unbehaglich. Auch wenn ich noch nicht so viele ausländische Männer getroffen hatte, so hatte ich doch jeden Tag in der Schule ausländische Frauen gesehen, und keine von ihnen hatte jemals einen Stahlzaun getragen. Wieder blickte ich zu dem Mann hinüber, der neben mir saß. Er schien vollkommen in seine Zeitung vertieft.

Schließlich beschloss ich, das Thema zu wechseln. »Meint ihr, ich komme noch rechtzeitig zu den Docks, um Ailin zu verabschieden? Wann fährt denn die *Empress of Canada* ab, wisst ihr das?«

»Sobald wir ankommen, nehmen wir eine Rikscha. Mach dir keine Sorgen, wir sind fast da. Wir bringen dich rechtzeitig zum Schiff.«

»Ich würde alles dafür geben, um mit Ailin nach Amerika fahren zu können«, sagte ich wehmütig. »Es ist so ein junges Land, und meine Lehrer haben gesagt, dass keine der Städte im Westen älter als hundert Jahre ist!«

»Das Land ist so neu, dass es in manchen Gegenden noch Wilde mit roter Haut gibt«, sagte Ältester Bruder. »Du müsstest schon sehr gut aufpassen, weil sie dich sonst bei den Haaren packen und dir den Skalp runtersäbeln!«

Er grinste, als er das sagte, und ich war mir nicht sicher, ob er das mit den rothäutigen Wilden ernst meinte oder nicht. Wahrscheinlich wusste ich genauso viel über Amerika wie Ältester Bruder – vielleicht sogar mehr. Doch bevor ich etwas sagen konnte, wurde der Zug langsamer. Wir würden gleich ankommen.

Während sich der Zug dem Bahnhof näherte, hatten wir unsere Sachen zusammengepackt und waren nun fertig zum Aussteigen. Der Ausländer hatte sein Gepäck in der Hand, und kurz bevor er auf den Gang hinaustrat, wandte er sich uns zu.

»Übrigens«, sagte er in ausgezeichnetem Chinesisch, »Sie brauchen sich wegen der rothäutigen Eingeborenen, die es auf Ihren Skalp abgesehen haben könnten, keine Sorgen zu machen. Und ihre Haut ist nicht so richtig rot. Sie – also – sie unterscheidet sich in der Farbe nicht sehr von der Ihren.«

Wir starrten ihn an und nun waren wir drei wirklich die mit der roten Haut. Ich fühlte, wie mir die Hitze in

Wellen über das Gesicht lief, und ich wusste nicht, wohin ich zuerst blicken sollte. Schließlich hob ich den Kopf, um die beiden anderen anzusehen.

Ältester Bruder biss sich vor Verlegenheit in die Unterlippe und sogar Liang Baoshu hatte seine sonst übliche Fassung verloren. Irgendwie sah er viel menschlicher aus und gefiel mir so besser. Er war der Erste, der sich wieder fing. »Wir wussten nicht, dass Sie uns verstehen – obwohl das natürlich keine Entschuldigung für unser schlechtes Benehmen ist.«

»Das ist schon in Ordnung«, sagte der Ausländer. Seine blauen Augen blitzten vor unterdrücktem Lachen, als er uns drei musterte.

Es dauerte noch eine Weile, bis wir aussteigen konnten, und um die peinliche Situation zu überbrücken, fragte ich den Mann, wo in China er lebte.

»Meine Frau und ich haben das letzte Jahr in Nanking gewohnt, aber nun fahren wir in ein paar Monaten in die Staaten zurück. Sie kommen alle aus Nanking, oder?«

Als wir das bestätigten, überlegte er kurz, langte dann in die Brusttasche seines Jacketts und zog eine Visitenkarte hervor, die er Liang Baoshu gab. »Hier ist meine Adresse in Nanking. In Amerika wohne ich in einer kleinen Stadt in der Nähe von New York. Sie heißt Ithaca, und sollten Sie jemals dorthin kommen, sehen Sie doch mal vorbei.«

Schließlich waren wir da. Als wir dann auf dem Bahnsteig standen, sahen wir die Gestalt des Ausländers zwischen den Menschen verschwinden.

»Dafür hab ich wohl kaum Verwendung«, murmelte Liang Baoshu, nachdem er einen Blick auf die Visitenkarte geworfen hatte. Es war ihm wohl noch immer peinlich, dass er sich vor dem Amerikaner so zum Narren gemacht hatte.

Ich nahm ihm die Karte ab. »Warte mal, ich will sehen, wie er heißt und was er macht.« Ich betrachtete die kleine, weiße Karte und bemerkte, dass sie auf der einen Seite in Englisch und auf der anderen Seite in Chinesisch beschriftet war. »Er heißt George Pettigrew«, sagte ich. »Und er ist Professor für orientalische Geschichte an der CornellUniversität – wo immer das ist. Wahrscheinlich ist sie in Ithaca in der Nähe von New York.«

Ich steckte die Karte in meine Tasche, obwohl ich ebenso wie Liang Baoshu nicht glaubte, dass ich sie jemals brauchen würde.

果 *Zweites Kapitel* 候

Wir erreichten die Docks, bevor die *Empress of Canada* ablegte, aber viel Zeit war nicht mehr. Das Schiff war riesig, fast wie eine kleine Stadt. Ich hatte mit meinen Eltern Ausflüge auf dem Jangtse gemacht, aber in Holzbooten, auf denen weniger als vierzig Leute Platz hatten. Dieses eiserne Schiff vor mir schien hunderte von Menschen aufnehmen zu können. Wie konnte ich nur hoffen, Ailin unter all den Passagieren zu finden?

Ängstlich studierte ich die Gesichter der Leute, die an der Reling standen und ihren Freunden unten zuwinkten. Und plötzlich sah ich sie! Ganz alleine stand Ailin da und wirkte so verloren, dass es mir im Innersten wehtat. Ich schrie und winkte und sie winkte zurück. Auch sie hatte mich entdeckt!

»Ich gehe an Bord zu Ailin«, sagte ich zu Ältester Bruder. »Wartest du hier auf mich?«

Er nickte und ich bahnte mir meinen Weg die Gangway hoch. Als ich endlich oben war, stand Ailin schon da und wartete auf mich. Tränen liefen uns über die Wangen und wir konnten zuerst kein Wort herausbringen.

»Du hast dir die Haare abgeschnitten«, sagte Ailin schließlich.

»Ist das alles, was dir einfällt?«, wollte ich von ihr wissen. »Nach all den Mühen, dich zu finden?«

»Woher hast du gewusst, dass ich mit diesem Schiff fahre?«, fragte Ailin.

»Ich hab's von Miss Gilbertson erfahren«, sagte ich. Ailin war die Starschülerin im Englischunterricht gewesen und Miss Gilbertson, unsere Englischlehrerin, war mit ihr in Kontakt geblieben.

»Die Warners wollten, dass ich mitkomme und den Kindern helfe«, sagte Ailin. »Nach den vielen Jahren in China haben sie vielleicht Probleme, sich an amerikanische Schulen zu gewöhnen.«

Ailin war schlank und geschmeidig und sie sah aus wie eine dieser zerbrechlichen Schönheiten aus bestimmten Romanen. Aber es hatte Mut verlangt, mit ihrer Familie zu brechen und für eine ausländische Missionarsfamilie zu arbeiten. Und diese Fahrt nach Amerika war keine Urlaubsreise, sondern gehörte zu ihrer Arbeit als Kindermädchen. Es war zwar eine großartige Chance für sie, aber sie hatte auch hart dafür gearbeitet, um sich das zu verdienen.

Ein lautes Tuten ertönte. Es war Zeit, vom Schiff zu gehen. Plötzlich wurde ich sehr wehmütig. »Ich geh jetzt besser, sonst lande ich noch mit dir in Amerika.«

Ailin lächelte. »Warum eigentlich nicht?«

Ich hätte gerne den Platz mit ihr getauscht, trotz all

der Mühsal, die sie erdulden musste. »Wie ich dich beneide! Du brichst zu einem großen Abenteuer auf!«

Wieder tutete es laut und ich wandte mich zur Gangway. Da fiel mir plötzlich etwas ein. »Fast hätte ich es vergessen! Dabei war es doch einer der Gründe, warum ich gekommen bin.« Ich zog einen Beutel mit Geld aus der Tasche, den mir Ailins Onkel anvertraut hatte und den ich ihr übergeben sollte.

Sie starrte mich an. »Du hast Großer Onkel getroffen? Du bist wirklich zu seinem Anwesen gegangen? Dazu gehört Mut!«

Ich lachte. »Und ich hab die Aktion überlebt – wenn auch nur knapp.«

Schweigend blickte Ailin auf den Geldbeutel. Ihr Onkel hatte sich geweigert, das Schulgeld für sie zu bezahlen, und wegen ihm hatte sie ihr Zuhause verlassen müssen. »Warum will er mir das Geld geben?«, murmelte sie mehr zu sich selbst.

»Ich glaube, er wollte sichergehen, dass du dir eine Unterkunft leisten kannst, die einer Tochter der Familie Tao angemessen ist«, sagte ich. Ich schaute meiner Freundin noch ein letztes Mal in die Augen und wieder fühlte ich die Tränen aufsteigen. »Bitte, Ailin, vergiss nicht, mir zu schreiben«, bat ich und drückte ihr ganz fest die Hand.

Ältester Bruder, Liang Baoshu und ich beobachteten, wie das Schiff ablegte. Ich konnte es nicht ertragen, mich abzuwenden, solange ich Ailin noch an der Reling stehen sah. Aber als das Schiff wendete und Ailin meinen Blicken entschwand, war ich bereit zu gehen. Ältester Bruder wirkte ungeduldig, und mir fiel wieder ein, dass Liang Baoshu in Schanghai einige Leute treffen wollte und Geschäfte zu erledigen hatte.

Wir sahen uns nach einer Rikscha um, die uns in unser Hotel bringen sollte, doch die waren schon alle von Leuten besetzt, die sich auch von ihren Freunden verabschiedet hatten. Wir beschlossen, zu Fuß in Richtung Innenstadt zu gehen, um eine freie Rikscha zu finden. Ich war gespannt darauf, in einem Hotel westlicher Art zu übernachten. In Nanking war ich einmal mit meinen Eltern in einem solchen Hotel gewesen, als mein Vater einen Freund aus England besuchte. Das lag nun schon einige Jahre zurück, und mein Englisch war damals noch zu schlecht gewesen, als dass ich viel verstanden hätte. Diesmal würde ich eine ganze Nacht in so einem Hotel verbringen, und dazu noch in einem eigenen Zimmer. Ich war so aufgeregt, dass ich fast anfing zu zittern.

Während ich an das Hotel dachte, hatte ich nicht weiter auf die Straße geachtet. Dann hörte ich, wie Ältester Bruder knurrte: »Vielleicht war es falsch, hier entlang zu gehen.«

Ich blickte mich um. Die Straße war schmutzig und auf beiden Seiten hockten Bettler an die Mauern gekauert. In Nanking gab es auch Bettler, aber in die Viertel der Stadt, in denen sie sich aufhielten, kam ich selten. Einige der Bettler waren entstellt und mit Geschwüren übersät. Ich fragte mich, ob die Geschwüre heilen könnten, wenn man die Haut mit etwas einriebe, das Alkohol enthielt. Vor einem der Bettler blieb ich stehen, um ihm ein paar Münzen zu geben und einen genaueren Blick auf ein riesiges, offenes Geschwür an seiner Nase werfen zu können.

Ältester Bruder zog mich hinter sich her. »Wir haben keine Zeit für so was! Wir müssen uns beeilen.«

Dann bogen wir in eine enge Gasse ein. »Zu spät«, sagte Liang Baoshu.

Ich folgte seinem Blick und sah am Ende der Gasse einige Gestalten stehen, die uns den Weg abschnitten. Hinter mir knurrte Ältester Bruder etwas. Ich drehte mich um und sah, dass weitere Gestalten hinter uns aufgetaucht waren. Wir waren eingekesselt.

»Na, na, was haben wir denn da«, sagte einer der Männer vor uns. Er öffnete den Mund zu einem breiten Grinsen, und ich sah, dass fast alle seine Vorderzähne abgebrochen waren. »Wem von den jungen Herren gehört denn dieser saftige kleine Leckerbissen?«

Ein paar von den Männern lachten, und ich vermutete, dass der mit den abgebrochenen Zähnen der Anführer war. Das Grinsen um seinen zertrümmerten Mund wurde noch breiter. »Habt ihr was dagegen, wenn wir sie heute Abend für eine Weile ausleihen?«

Jetzt erst begriff ich, dass ich der saftige kleine Leckerbissen war, um den es ging. Das machte mich so wütend, dass ich völlig vergaß, Angst zu haben. Ich spähte zu Ältester Bruder hinüber. Sein Gesicht war starr vor Wut. Er holte tief Luft und fing an, sich die Ärmel hochzukrempeln. Es war klar, dass er mit einem Kampf rechnete. Erst da bekam ich langsam Angst.

Liang Baoshu hatte die Ärmel bereits hochgerollt. Seine Augen waren schmal geworden, aber sonst sah er aus wie immer.

»Ach je«, sagte der Mann mit den abgebrochenen Zähnen. »Ich seh, die jungen Herren wollen eine Rauferei. Da wollen wir sie doch nicht enttäuschen, oder?«

»Drück dich ganz eng an die Wand«, flüsterte Liang Baoshu mir zu. »Du hilfst uns am meisten, wenn du keinen Finger rührst.«

Ich schluckte und nickte, obwohl ich am liebsten auch meine Ärmel hochgekrempelt hätte, nur um diesen Ganoven zu zeigen, dass ich keine Angst vor ihnen hatte.

Der Anführer wandte sich an einen massigen Mann neben sich, der die Haare noch so trug, wie es vor der Revolution üblich war: mit rasierter Stirn und einem langen Zopf. »Du bist doch sonst so ungeduldig. Warum fängst du nicht an?«

Der mit dem Zopf nickte und kam auf uns zu. Für einen so kräftigen Mann bewegte er sich bemerkenswert leichtfüßig, und es war klar, dass er Kung-Fu trainiert hatte. Ich machte den Mund auf, um Liang Baoshu zu warnen, aber dann begriff ich, dass er meine Warnung nicht brauchte.

Der Angriff kam viel schneller, als ich erwartet hatte,

aber nicht so schnell, dass ich die Bewegungsabläufe nicht hätte erkennen können. Der Mann mit dem Zopf schlug mit der rechten Faust nach Liang Baoshu. Doch das war eine Finte. Im letzten Moment drehte er sich leicht und stieß mit der linken Faust zu.

Es sah aus, als würde Liang Baoshu zusammenschmelzen. Er ließ sich unter die Faust des anderen Mannes sinken, drehte sich auf einem Bein und kickte mit dem anderen direkt gegen die Brust des Angreifers, die dieser beim Versuch zuzuschlagen ungedeckt gelassen hatte. Der Mann mit dem Zopf gab nur noch ein krächzendes Stöhnen von sich, prallte gegen die Mauer und brach zusammen.

Einen Augenblick lang war es völlig still in der engen Gasse bis auf das Keuchen des Zopfmanns. Dann hörte ich ein Rascheln hinter mir und sah, dass einer der Männer vom anderen Ende der Gasse auf Ältester Bruder zustürmte.

Wieder musste ich mich zwingen, meinen Warnruf zu unterdrücken. Meine Rolle bestand darin, aus dem Weg zu gehen und nicht abzulenken.

Meine Warnung wäre auch hier überflüssig gewesen. Ältester Bruder war sich der Gefahr voll bewusst. Er bewegte sich mit träumerischer Langsamkeit, und ich wollte ihm zurufen, sich zu beeilen. Doch er hatte alle Zeit, die er brauchte, um sich auf den Angriff einzustellen. Er wich einem Tritt aus, der auf seinen Hals gezielt hatte, und während der Angreifer noch aus dem Gleichgewicht war, packte er ihn am Kragen und knallte ihn gegen die Mauer.

Die beiden Kumpane des Angreifers drehten sich um und rannten davon. Ältester Bruder und ich sahen uns kurz mit grimmigem Grinsen an. Von diesem Ende der Gasse bestand keine Gefahr mehr. Ich blickte wieder zur anderen Seite und sah, dass Liang Baoshu kaum Schwierigkeiten mit seinem zweiten Gegner hatte. Dann blickte ich zum Anführer der Bande. Er war etwas kleiner als seine Anhänger. Sollte das bedeuten, dass er in Kung-Fu besser war als die anderen? Dann sah ich seine Hand unter seine Jacke gleiten und etwas hervorholen.

»Er hat eine Pistole!«, rief ich.

Noch bevor die Worte aus meinem Mund waren, stürmte Ältester Bruder geduckt auf das andere Ende der Gasse zu. Doch er kam zu spät, um noch eingreifen zu können.

Liang Baoshu hatte den Angreifer vor sich gepackt und auf den Anführer der Bande geschleudert, genau in dem Moment, als sich der Schuss löste. Es war das erste Mal, dass ich einen Pistolenschuss aus nächster Nähe hörte, und der laute Knall war ohrenbetäubend und machte mich ganz benommen.

Als ich dann wieder in der Lage war, mich umzublicken, sah ich, dass der Schuss danebengegangen war. Der Anführer der Bande rappelte sich auf, machte den Mund ein paar Mal auf und zu, drehte sich dann um und rannte davon. Seine Begleiter stolperten ihm hinterher.

Ältester Bruder und Liang Baoshu rollten die Hemdsärmel hinunter und ordneten ihre Kleidung. Ältester Bruder deutete mir ein Lächeln an. Das war seine Art, mir seine Anerkennung zu zeigen, dass ich nicht im Weg gewesen und in Panik geraten war. Es stimmte ja auch. Selbst als die Situation sehr gefährlich ausgesehen hatte, hatte ich keine Angst gehabt – jedenfalls nicht sehr.

Ich wandte mich an Liang Baoshu. »Als der Mann mit dem Zopf dich angegriffen hat, hast du mit dem Shandong gekontert, stimmt's?«

Vor Überraschung stand ihm der Mund offen. Ich freute mich immer ein bisschen, wenn ich jemanden so Selbstbewussten wie ihn verblüffen konnte. »Du kennst dich da aus?«

Gerne hätte ich so getan, als wäre ich eine echte Expertin, aber Ältester Bruder war dabei und es hätte nicht funktioniert. »Ich habe meinen Brüdern immer zugehört, wenn sie von ihrem Kampfsportunterricht erzählt haben«, gestand ich. »Und eigentlich würde ich selbst gerne Unterricht nehmen.«

Liang Baoshus Augen wurden größer und ich sah Bewunderung darin. »Du hast keine Angst gehabt, oder? Du hast sogar meine Art zu kämpfen beurteilen können. Mit deinem Mut kannst du sicher Unterricht in Kung-Fu nehmen. Ich kenne ein paar Frauen, die ziemlich gut geworden sind.«

Er bewunderte meinen Mut! Das machte mich glücklicher, als wenn er mein Aussehen bewundert hätte. Ich musste den Kopf zur Seite drehen, um mein stolzes Lächeln nicht zu zeigen.

Am Ende der Gasse kamen wir wieder auf eine Straße. Vier Polizisten kamen uns entgegen. Alles Ausländer.

»Ich habe einen Schuss gehört!«, schnauzte uns einer von ihnen an. »Was haben Sie in der Gasse gemacht?«

An seinem Akzent erkannte ich, dass wir in dem Teil von Schanghai waren, den die Briten kontrollierten. Auf der MacIntosh-Schule hatte ich amerikanisches Englisch gelernt, aber das war dem britischen Englisch ähnlich genug, so dass ich den Polizisten verstehen konnte.

Ältester Bruder und Liang Baoshu sahen etwas ratlos aus, denn beide hatten ja kein Englisch gelernt. Also würde ich das Gespräch führen müssen. Ich räusperte mich. »Wir sind zu unserem Hotel gelaufen, weil wir keine Rikscha mehr bekommen haben. Da griffen uns ein paar, äh, böse Leute an. Einer von ihnen hat eine Pistole gehabt. Zum Glück hat er niemand getroffen.«

Der Polizist blieb skeptisch. Er verstand nicht, wie wir unverletzt hatten davonkommen können, nachdem wir von Banditen angegriffen worden waren. Obwohl es ganz gegen meine Art war, fand ich, dass es Zeit war, die Rolle der hilflosen kleinen Frau zu spielen. »Ich bin so froh, dass Sie gekommen sind und uns gerettet haben, Herr Polizist. Ich hatte solche Angst!«

Einer der Polizisten sagte: »Da sind gerade ein paar ziemlich unsaubere Typen weggelaufen. Vielleicht haben sie uns kommen sehen.«

Schließlich nickte der erste Polizist. »Das muss es gewesen sein.« Er wandte sich wieder uns zu und betrachtete uns von oben bis unten. »Die beiden Burschen hier sind nicht sehr gesprächig, was?«

»Meine Brüder können kein Englisch«, sagte ich. Ich hatte entschieden, Liang Baoshu als meinen Bruder auszugeben, um die Dinge für den Polizisten zu vereinfachen.

»Aber Sie schon, was?«, fragte er.

»Ich besuche die MacIntosh-Missionarsschule in Nanking«, sagte ich und fügte mit einem gezierten Lächeln hinzu: »Wie finden Sie meine Aussprache?«

Vielleicht war das gezierte Lächeln ein bisschen übertrieben, aber es wirkte und einige der Männer lachten. »Ihre Aussprache ist ziemlich gut, Miss, auch wenn sie amerikanisch ist«, sagte einer von ihnen.

»In Ordnung«, sagte der erste Polizist. »Wir müssen Sie nicht weiter belästigen.«

Die Polizisten gingen weg, doch der eine drehte sich noch einmal um. »Wenn Sie meinen Rat wollen, dann verlassen Sie so schnell wie möglich diese unfeine Gegend.«

Wir gingen nun auf der Straße weiter, die besser ausgeleuchtet und weniger schmutzig war als das Gässchen. Die beiden Jungen sagten nichts, und mir war klar, dass sie beide schlechte Laune hatten. Ich dagegen hatte das Gefühl, meine Sache ziemlich gut gemacht zu haben, als ich das Misstrauen des Polizisten besänftigt hatte. Und die Jungen sollten stolz darauf sein, wie sie die Ganoven vertrieben hatten. Worüber also ärgerten sie sich?

»Die Arroganz dieser Polizisten!«, sagte Ältester Bruder und brach damit endlich das Schweigen. »Die glauben wohl, dass ihnen das Land gehört!«

»Nicht das ganze Land«, erinnerte ich ihn. »Nur der britische Sektor hier. Die anderen Sektoren von Schanghai werden von den Franzosen und Amerikanern kontrolliert.«

Nach unserer Niederlage im zweiten Opiumkrieg hatten einige weitere Länder entdeckt, wie schwach China wirklich war. Neben anderen Erniedrigungen hatten die Briten und die Amerikaner China gezwungen, ihnen die Kontrolle über verschiedene Teile Schanghais zu überlassen. Die Franzosen waren ihrem Beispiel gefolgt und hatten ein französisches Viertel in der Stadt errichtet. Das taten die drei Länder auch in verschiedenen anderen Städten, was sich günstig auf ihre wirtschaftlichen und militärischen Interessen auswirkte.

Es war eine ständige Quelle nationaler Beschämung und Wut, dass wir gezwungen worden waren, Teile unseres Landes Ausländern zu überlassen. Wenn wir mit der ausländischen Polizei in Kontakt kamen, die in diesen Gebieten für Ordnung sorgte, hatten wir immer das Gefühl, ein besiegtes Volk zu sein. Wenigstens hatte ich genug Englisch aufgebracht, um gleichberechtigt mit diesen britischen Polizisten sprechen zu können. Ich wusste nicht, was wir im französischen Sektor getan hätten.

Als Liang Baoshu schließlich wieder etwas sagte, wurde mir klar, dass er aus einem anderen Grund schlechte Laune hatte. »Ich muss jetzt wirklich Englisch lernen«, knurrte er.

Ich sah ihn neugierig an. »Kannst du irgendeine andere Sprache?«

»Ich kann etwas Japanisch und Koreanisch, weil das dem Mandschu entfernt verwandt ist«, antwortete er. Und dann sagte er noch bitter: »Ich hätte nie gedacht, dass Englisch nützlich sein könnte. Da habe ich mich wohl getäuscht.«

Wir waren schon fast bei unserem Hotel, als ich endlich verstand, warum er sich so darüber ärgerte, kein Englisch zu können. Er war wütend, dass er hilflos daneben stehen musste, während ich das ganze Gespräch mit den Polizisten geführt hatte.

Wir wohnten im Great Southern Hotel. Mutter hatte wegen meiner Übernachtung im Hotel Bedenken gehabt.

»Yanyan kann doch nicht mit den beiden in einem Zimmer schlafen!«, hatte sie gesagt. Wir hatten schon öfter Ausflüge in die Berge unternommen und dort in Klöstern übernachtet. Bei diesen Gelegenheiten hatte sich die ganze Familie einen Raum geteilt. Aber jetzt war Liang Baoshu dabei, der kein Familienmitglied war.

Vater hatte kurz nachgedacht und dann gesagt: »Die beiden Jungs sollen sich ein Zimmer teilen und Yanyan kann ein eigenes haben.«

Und jetzt war ich hier in einem Zimmer, das nach westlicher Art eingerichtet war. Es gab einen breiten, mit Stoff bezogenen Sessel und ein Bett, so groß und unbeweglich, dass es im Boden verwurzelt zu sein schien. Doch am meisten freute mich, dass ich dieses fremdartige Zimmer für mich alleine hatte. Aber wie sollte ich da bloß schlafen können, wenn es so viele faszinierende Dinge zu untersuchen gab?

Als ich ein emailliertes Gefäß betrachtete und zu entscheiden versuchte, ob es ein Nachttopf oder ein Spucknapf sein sollte, klopfte es an der Tür. Ich machte sie auf und Ältester Bruder stand davor. Er runzelte die Stirn und sagte: »Mach nicht jedem, der klopft, einfach die Tür auf. Frag erst, wer draußen ist.«

»Ja, Ältester Bruder«, sagte ich gehorsam.

»Jetzt komm, lass uns runter in den Speiseraum gehen«, sagte er. »Es ist schon spät und ich bin hungrig.«

Als er das sagte, merkte ich, dass ich am Verhungern war. Das Essen im Zug schien Ewigkeiten her zu sein. »Wo ist Liang Baoshu?«, fragte ich.

Zunächst gab Ältester Bruder keine Antwort. Erst als wir bereits an einem Tisch saßen und die Speisekarte studierten, sagte er ohne aufzusehen: »Er isst nicht mit uns.«

Da fiel mir ein, dass Liang Baoshu mit uns nach Schanghai gefahren war, weil er hier Leute treffen wollte. »Du gehst nicht mit zu seinen Freunden?«, fragte ich.

»Nein!«, sagte Ältester Bruder. »Was er tut, geht mich nichts an. Und dich auch nicht«, fügte er hinzu.

Ältester Bruder sprach sonst nicht so ruppig mit mir. Zweiter Bruder empfand mich als Plage, doch Ältester Bruder hatte normalerweise sehr viel mehr Geduld mit mir. Nach den Ereignissen in der Gasse hätte ich eigentlich seine Anerkennung verdient.

Dann wurde mir klar, dass Ältester Bruder nervös war, weil ihn etwas beunruhigte. Er war auf Liang Baoshus Einladung nach Schanghai gekommen, doch er hatte offenbar beschlossen, seinen Freund nicht zu dem Treffen zu begleiten. War der Grund, dass er mich nicht alleine im Hotel lassen wollte? Nein, entschied ich, es ging um etwas Wichtiges, das er nicht mit mir diskutieren wollte. Ich vermutete, dass sein Unbehagen mit Liang Baoshu zu tun hatte und dem geheimnisvollen Treffen.

Ältester Bruder gab beim Kellner die Bestellung auf, und nachdem das Essen gekommen war, war ich so darin vertieft, dass ich keine Zeit hatte, an irgendetwas anderes zu denken. Wir hatten geschmorte Garnelen, gedünsteten Fisch und gebratene Hühnerbrust bestellt. Ich fühlte mich sehr erwachsen und übernahm die Rolle der Gastgeberin, indem ich Ältester Bruder Essen in seine Reisschale füllte.

»Lass gut sein«, sagte er, als ich ihm noch mehr Garnelen auf seinen Reis häufte. »Ich kann mir selbst nehmen.«

Umso besser, dachte ich und machte mich wieder über

mein Essen her. Nachdem wir eine Weile schweigend gegessen hatten, kam mir plötzlich ein Gedanke. »Liang Baoshu sagt, dass er etwas Japanisch und Koreanisch kann, weil es dem Mandschu entfernt verwandt ist. Heißt das, er kann Mandschu?«

Ältester Bruder ließ seinen Löffel in die Suppenschale fallen und etwas Suppe spritzte auf sein Hemd. Er murmelte ärgerlich, aber leise vor sich hin und wischte an seinem Hemd herum. Dann sah er mich an. »Er spricht Mandschu, weil seine Mutter eine Mandschu ist.«

Ich war so überrascht, dass nun ich meine Essstäbchen fallen ließ, die erst auf meinen Schoß rollten und dann auf den Boden. Ein Kellner kam zu uns, wischte die verspritzte Suppe weg und gab mir ein neues Paar Essstäbchen. Er dachte bestimmt, wie ungewöhnlich tollpatschig wir doch waren.

Liang Baoshu war also halb Mandschu. Jetzt, da ich das wusste, wurde mir einiges klar. Aus dem Gespräch während des Essens, als er bei uns zu Hause war, wusste ich, dass er gerne ritt. Er war groß und hatte die für viele Nordchinesen typischen hohen Wangenknochen, die aber bei den Mandschus noch häufiger vorkamen.

Die Mandschus hatten China in der Mitte des siebzehnten Jahrhunderts erobert und die Quing-Dynastie gegründet, die unser Land bis zur Revolution 1911 beherrschte. Das war jetzt zehn Jahre her, ich war damals erst sechs gewesen, aber ich erinnerte mich immer noch an die Anspannung, die Angst und die Aufregung, die wir alle beim Sturz der Mandschu-Dynastie und der Gründung der Republik empfunden hatten.

Ältester Bruder hatte sich gewaltig über die britischen Polizisten geärgert, denen wir begegnet waren, weil sie Ausländer waren, die einen Teil Schanghais kontrollierten. Die Mandschus waren ebenfalls fremde Eroberer, die unser Land über mehr als zweieinhalb Jahrhunderte kontrolliert hatten. Wie nur empfand Ältester Bruder jemandem gegenüber, der zumindest ein halber Mandschu war?

Während ich meinen Reis aß, prüfte ich meine eigenen Gefühle für Liang Baoshu. Irgendwie konnte ich ihn mir nicht als einen der Feinde vorstellen, die einmal unser Land erobert hatten. Schließlich war er auch nur zur Hälfte ein Mandschu. Gemessen an seinem Benehmen und an seiner Kultur, schien er ein richtiger Chinese zu sein.

Wer waren wohl die Leute, die er heute Abend traf? Waren es Mandschus? Zwei Sachen fielen mir wieder ein: Die eine war, wie Liang Baoshu während seines ersten Besuchs bei uns meine Füße gesehen hatte und zu mir sagte, dass Mandschufrauen auch keine eingebundenen Füße hätten. Die andere Sache war der bewundernde Blick, als er mein Interesse an Kung-Fu bemerkte.

Nachdem wir von unserer Reise nach Schanghai zurückgekehrt waren, konnte ich Ältesten Bruder schließlich überreden, mir etwas Kung-Fu beizubringen. »Du weißt nie, was heutzutage alles passieren kann«, sagte ich. »Unser Land ist immer noch nicht zur Ruhe gekommen und wir sind sogar in den Straßen von Nanking nicht sicher. Ich könnte zum Beispiel auf dem Weg von der Schule nach Hause von ein paar wüsten Typen belästigt werden.«

»Wenn Yanyan ein paar wüsten Typen begegnet, gibt es für sie nur eine schickliche Möglichkeit, nämlich sofort davonzurennen!«, schnauzte Zweiter Bruder. »Wenn du ihr Kung-Fu beibringst, Ältester Bruder, wird sie selbst immer wilder. Und eigentlich ist sie das schon!«

Aber Ältester Bruder stimmte mit mir überein, dass ich wenigstens einige Grundtechniken in Selbstverteidigung lernen sollte. In einem unserer Höfe fingen wir zum großen Vergnügen unserer Dienerschaft an zu üben. Lautstark feuerten sie mich an, wenn sie fanden, ich hätte gut reagiert. Nach ein paar Wochen lobte mich Ältester Bruder, ich sei eine gute Schülerin. Und ich fragte mich, was Liang Baoshu denken würde, wenn er mich so sehen könnte.

果 *Drittes Kapitel* 候

Meiner Englischlehrerin, Miss Gilbertson, erzählte ich von meiner Reise nach Schanghai, wo ich Tao Ailin noch einmal gesehen hatte. Sie wollte alles ganz genau wissen, weil sie sehr stolz auf Ailin war und sie für ihre beste Schülerin hielt.

Ich berichtete Miss Gilbertson auch von meiner Begegnung mit den britischen Polizisten. »Ich war so froh, dass ich bei Ihnen Unterricht habe! Die Polizisten behandelten uns zuerst wie Dreck, aber als ich englisch mit ihnen geredet habe, gingen sie mit uns um wie mit anständigen Leuten!«

Miss Gilbertson kommentierte das Verhalten der Polizisten nicht. Die Lehrer an unserer Schule vermieden es, über das brisante Thema zu sprechen, dass Ausländer Teile Schanghais und anderer Städte kontrollierten. Sogar Miss Scott, unsere Geschichtslehrerin, schwieg sich über den Opiumkrieg, den Boxeraufstand und andere Niederlagen aus, die die Chinesen erlitten hatten. Das war enttäuschend für mich. Ich hätte es gerne gehabt, wenn sie auf dieses Thema gekommen wäre, dann hätte ich ein gutes und hitziges Streitgespräch mit ihr führen können.

Aber vielleicht war es auch ganz gut so. Es war mein letztes Jahr auf der MacIntosh-Schule, und es wurde Zeit, dass ich fleißig lernte und Ärger vermied. Wenn ich aufs College gehen wollte, um mich auf die medizinische Hochschule vorzubereiten, musste ich mich benehmen und gute Noten und eine Empfehlung meiner Lehrer bekommen.

Meine besten Fächer waren Mathematik und die Naturwissenschaften, aber nach meiner Erfahrung mit den Polizisten in Schanghai konzentrierte ich mich mehr auf Englisch. Ich musste auch an den Amerikaner denken, den wir im Zug getroffen hatten. Vielleicht war seine Aussprache nicht ganz korrekt, aber sonst war sein Chinesisch sehr gut gewesen, trotz seiner langen Nase. Wenn ein Amerikaner Chinesisch lernen konnte, dann würde ich das ganz sicher auch mit Englisch schaffen. Miss Gilbertson merkte, wie ich immer besser wurde, und ermutigte mich. Tao Ailins gutes Sprachgefühl hatte ich zwar nicht, versuchte das aber durch hartes Arbeiten auszugleichen.

In den nächsten Monaten kam Liang Baoshu einige Male zum Essen zu uns. Mutter machte kein Theater, wenn ich ganz offen am Tisch mit ihm sprach. Sie brachte nur einen leichten Einwand, wenn ich nach dem Essen mit in die Zimmer meiner Brüder ging. »Es gehört sich nicht für Yanyan, sich mit den Jungen zu unterhalten!«, murmelte sie, wenn ich aufstand, um meinen Brüdern zu folgen.

Vater sah die Dinge anders und gab seine üblichen Bemerkungen über die veränderten Zeiten von sich. »Was früher undenkbar war, wird heute selbst in vielen der besten Familien akzeptiert. Außerdem kann nichts Anstößiges passieren, wenn ihre Brüder und die Diener anwesend sind.«

Trotzdem hatte ich den Verdacht, dass Mutter die Diener über mein Benehmen während dieser Unterhaltungen genauestens ausfragte. Deren Berichte schienen sie aber zu beruhigen.

Am häufigsten unterhielten sich die Jungen über die Berufe, die sie später ausüben wollten. Ältester Bruder und Liang Baoshu waren beide neunzehn Jahre alt, Zweiter Bruder achtzehn. Bald würden sie den klassischen Unterricht bei ihrem Lehrer beenden.

»Früher waren die Dinge einfacher.« Ältester Bruder seufzte. »Jeder junge Mann aus guter Familie hatte sich auf die Beamtenprüfung vorbereitet.«

Dieses Prüfungssystem war vor fast tausend Jahren eingerichtet worden, um die besten jungen Männer für den Staatsdienst auszuwählen, als *Mandarine*. Meine beiden Brüder waren fleißig und intelligent, und so wären ihre Chancen, die Prüfungen zu bestehen, ausgezeichnet gewesen. Dass unsere Familie wohlhabend war und Einfluss hatte, hätte ihnen zu guten Stellungen verholfen, obwohl im Prinzip ja nur die Fähigkeiten zählen sollten.

»Wir müssen uns einfach damit abfinden, dass die Dinge heute anders sind«, sagte Liang Baoshu. Seine

Worte schienen wie ein Echo von Vaters Meinung. »Aber auch, wenn die Prüfungen nun abgeschafft worden sind, brauchen wir immer noch gute Männer für den Staatsdienst.«

Meine Brüder und Liang Baoshu diskutierten die verschiedenen Möglichkeiten, eine Stelle im Staatsdienst zu bekommen. »Heute ist alles so verworren«, beschwerte sich Ältester Bruder. »Die einzige Möglichkeit, einen Posten zu bekommen, ist durch ein kräftiges Schmiergeld.«

»Ich weiß gar nicht, ob ich überhaupt in den Staatsdienst will«, sagte Zweiter Bruder. »Vielleicht versuche ich eine Stelle als Lehrer an einer dieser Akademien für höhere Bildung zu bekommen, die jetzt überall gegründet werden.«

»Mit Akademien meinst du wohl Universitäten«, fragte ich, wobei ich das englische Wort gebrauchte.

Zweiter Bruder hatte noch nichts von Universitäten gehört, aber Liang Baoshu kannte das Wort. »Wenn ich das richtig verstehe, sind diese so genannten Universitäten nach dem Vorbild britischer oder amerikanischer Institutionen aufgebaut«, sagte er. Ich wusste, dass er angefangen hatte, Englisch zu lernen. Er hatte sogar schon ein paar Sätze mit mir ausprobiert. Er wandte sich an Zweiter Bruder. »Wenn du dort eine Stelle bekommen willst, musst du ein paar von den modernen Fächern studieren, die du nicht leiden kannst.«

»Ich habe keinen Spaß an Naturwissenschaften und Mathematik«, sagte Zweiter Bruder an mich gewandt und verzog das Gesicht. »Das sind die Fächer, die du so magst. Aber bestimmt werden an modernen Universitäten auch chinesische Schrift, Geschichte und Philosophie unterrichtet. Schließlich hatten wir eine politische Revolution und keine Kulturrevolution. Die Geschichte, Literatur und Kultur unseres Landes müssen wir doch nicht aufgeben!«

»Ich glaube, ich hätte am liebsten eine Stelle in einer staatlichen Bibliothek«, sagte Ältester Bruder. »Zum Glück haben die Revolutionäre nicht alle alten Bücher verbrannt, wie damals der Eroberer Qin Shihuang.« Er wandte sich an Liang Baoshu. »Und was hast du vor?«

Unser Gast schwieg eine Weile und betrachtete nachdenklich die Teetasse in seiner Hand. Schließlich schaute er auf und antwortete: »Am liebsten würde ich in den diplomatischen Dienst eintreten ... in einem Konsulat oder einer Gesandtschaft im Ausland arbeiten ... irgend so etwas.«

»Genau das hat mein Vater gemacht!«, rief ich aus. Vater würde sich freuen, wenn er das hörte, und Liang Baoshu würde noch mehr in seiner Achtung steigen. »Er war einige Jahre in England und hat auch in Frankreich gearbeitet.«

Liang Baoshu lächelte. »Also, ich habe weniger an ein europäisches Land gedacht. Ich würde eher versuchen, eine Stellung in Indien zu finden, in Japan ... in einem der asiatischen Länder.« Er wandte sich mir zu. »Und was willst du machen, wenn du mit der Schule fertig bist?«

»Dieses dumme Mädchen sagt, dass sie Ärztin werden will!«, stichelte Zweiter Bruder. Er hielt mich noch immer für eine dumme Gans mit albernen Vorstellungen.

»Das kann sie ja wahrscheinlich auch«, sagte Ältester Bruder. »Sie arbeitet hart für die Schule, und sie könnte es schon schaffen, auf eine dieser modernen, äh, Universitäten zu gehen.«

Nach unserer Reise nach Schanghai betrachtete mich Ältester Bruder mit größerer Anerkennung. Vielleicht, weil er sich daran erinnerte, wie ruhig ich während des Kampfes in der Gasse geblieben war. Vielleicht auch, weil sein Freund Liang Baoshu mich zu mögen schien. Wahrscheinlich hatte er bemerkt, dass Liang Baoshu und ich voneinander angezogen waren. Vielleicht war das etwas zu stark ausgedrückt. Wir waren wohl eher aneinander interessiert. Und Ältester Bruder gefiel diese Entwicklung.

Er war nicht der Einzige, der bemerkte, dass Liang Baoshu und ich uns füreinander interessierten. Eines Tages saß ich im Hof an den Hausaufgaben. Es war schon spät im Frühling und unser Jasminbusch stand in voller Blüte. Ich musste einfach draußen sitzen, wo ich die duftenden weißen Blüten riechen konnte. Das war so schön, dass ich mein Notizbuch schloss und die Wärme und den Duft genoss.

Da hörte ich Mutters und Vaters Stimmen. Sie befanden sich hinter dem Busch und konnten mich nicht sehen.

»Es ist skandalös, dass die beiden sich einfach ohne die

Vermittlung einer Ehestifterin treffen können!«, sagte Mutter.

»Die Zeiten haben sich geändert und wir müssen uns auch ändern«, sagte Vater wie immer, wenn Mutter sich über neue Entwicklungen beschwerte.

»Aber wir wissen doch überhaupt nichts über den Jungen«, sagte Mutter. »Also gut, wir wissen, dass er ein Mandschu ist. Aber ich kann nicht behaupten, dass das eine Empfehlung wäre!«

Da merkte ich, dass sie über mich und Liang Baoshu sprachen. Eine Heiratsvermittlerin! Ich hatte mir noch gar nicht klar gemacht, dass die Dinge sich schon so weit entwickelt hatten – oder vielmehr, dass meine Eltern dachten, sie hätten sich schon so weit entwickelt. Ich spürte, wie mein Gesicht heiß wurde, und ich versuchte mich hinter dem Busch noch kleiner zu machen.

»Ich habe Xuegeng über seinen Freund befragt«, sagte Vater. »Er sagte mir, die Liangs hätten dem Kaiserlichen Hof gedient. Nach der Revolution lebten sie zurückgezogen und Baoshus Vater ist in erster Linie als Sammler alter Gemälde bekannt.«

Nach einer Weile erwiderte Mutter: »Na gut, das klingt ziemlich harmlos. Ich nehme an, dass die Familie wohlhabend ist. Vielleicht finden wir eine Heiratsvermittlerin, die die Dinge in Bewegung bringt. Ich finde es unschicklich, wenn sich die jungen Leute einfach so treffen, bevor eine förmliche Vereinbarung geschlossen worden ist.«

Und einen Augenblick später fügte sie hinzu: »Auch wenn sich die Zeiten ändern.«

Ihre Stimmen wurden leiser, offenbar gingen sie weiter. Prustend stieß ich die angehaltene Luft aus. Das ging mir alles viel zu schnell. Ich konzentrierte mich nun darauf, die Schule mit guten Noten abzuschließen, damit ich eines Tages auf die medizinische Hochschule gehen und Ärztin werden konnte. Und nun sah es so aus, als würden meine Eltern bereits über meine Hochzeit sprechen!

Doch trotzdem konnte ich bei diesem Gedanken ein leichtes Glücksgefühl nicht unterdrücken. Meine Brüder hielten sich an den alten Brauch und ließen ihre Hochzeiten von Heiratsvermittlerinnen in die Wege leiten. Wahrscheinlich würden sie ein Mädchen heiraten, das sie vorher noch nie gesehen oder vielleicht nur kurz getroffen hatten. Bei mir würde es anders sein. Ich würde jemanden heiraten, den ich kannte und bewunderte, einen, den ich aufregend fand. Am liebsten wäre ich im Hof herumgesprungen und hätte vor Freude getanzt.

Wenn ich nur jemanden gehabt hätte, mit dem ich darüber reden konnte. Schwestern hatte ich keine, was meine Mutter allerdings für einen enorm glücklichen Umstand hielt. Meine Eltern hätten sonst für unsere Hochzeiten eine Menge Geld aufbringen müssen. Aber manchmal fühlte ich mich sehr alleine. In der Schule hatte ich nur wenige Freundinnen, weil die meisten Mädchen in meiner Klasse mich zu laut und undamenhaft fanden. Zu solchen Zeiten wie jetzt fehlte mir Tao Ailin sehr, meine einzige wirkliche Freundin.

Sie hatte mir einige Briefe aus Amerika geschrieben. Einer von ihnen handelte hauptsächlich von ihrer Hausarbeit:

Liebe Yanyan,
ich arbeite so schwer, dass ich nicht einmal richtig Zeit habe, mich in diesem fremden neuen Land einsam zu fühlen. Neben der Aufgabe, auf die beiden Kinder aufzupassen, muss ich Mrs. Warner beim Kochen und bei der Hausarbeit helfen. Stell dir mich beim Kochen vor! Als ich das erste Mal Reis gekocht habe, habe ich so viel Wasser genommen, dass schließlich eine Suppe daraus wurde. Dann habe ich versucht, den Fußboden zu fegen, wusste aber nicht, dass man den Schmutz sammeln und in etwas tun muss, das Abfalleimer heißt.
Aber ich lerne. Das Kochen macht mir sogar Spaß!
Deine Freundin Ailin.

Ich schrieb sofort zurück:

Liebe Ailin,
das Aufregendste, was mir nach dem Abschied von dir passiert ist, war unser Abenteuer mit ein paar Gangstern, die uns in einer Gasse von Schanghai angegriffen haben. Mein Bruder und sein Freund schafften es, sie abzuwehren. Ich

glaube, sie hatten an dem Zusammenstoß sogar Spaß. Mir ging es jedenfalls so!

Deine Freundin Yanyan

Ich hatte Ailin nichts von Liang Baoshu geschrieben, weil ich mir unsicher war, was ich schreiben sollte. In einem anderen Brief hatte Ailin von Chinatown erzählt, einem Viertel von San Francisco, in dem viele Chinesen wohnten und wo es viele chinesische Läden gab. Ich war so verwundert, dass ich sofort zurückschrieb:

Liebe Ailin,
willst du etwa sagen, dass es Viertel in San Francisco gibt, die unter chinesischer Verwaltung stehen wie die Teile von Schanghai, die von Briten und Japanern kontrolliert werden?

Yanyan

Liebe Yanyan,
nein, wirklich nicht! Chinatown steht nicht unter chinesischer Verwaltung. Das Viertel wird so genannt, weil hier so viele Menschen mit chinesischer Abstammung leben. Ich habe einen Freund in Chinatown, den ich oft besuche.

Deine Ailin

Das war das erste Mal, dass ich von Ailins Freund in San Francisco hörte, und ich verspürte einen Stich von Eifersucht. Ihre Briefe wurden seltener, und ich fragte mich, ob das daher kam, weil sie so viel Zeit mit diesem Freund verbrachte. Wie konnte sie mich so einfach vergessen?

Die Wahrheit erfuhr ich schließlich von Miss Gilbertson. Nach einer Englischstunde fragte ich sie, ob sie etwas von Ailin oder von ihren Arbeitgebern gehört hätte. Die Warners hatten geplant, ein Jahr in Amerika zu bleiben und dann ihre Arbeit als Missionare in China wieder aufzunehmen. Inzwischen war diese Zeit fast um und ich freute mich auf Ailins Rückkehr.

Die Lehrerin blickte mich einen Moment still an, dann sagte sie schließlich: »Ich habe einen Brief von den Warners bekommen. Sie schreiben, dass Ailin nicht mit ihnen nach China zurückkommt, sondern in Amerika bleibt. Sie heiratet einen Mann aus San Francisco!«

Diese Nachricht verblüffte mich. »Wer ... wer ist der Mann, den sie heiratet?«, fragte ich, nachdem ich meine Stimme wiedergefunden hatte.

»Ein Chinese, den sie bei der Überfahrt auf dem Schiff kennen gelernt hat. Die Warners halten ihn für einen recht anständigen Mann. Offensichtlich betreibt er ein Restaurant in San Francisco und Ailin wird ihm dabei helfen.«

Das also war der Freund in Chinatown, von dem Ailin geschrieben hatte! Einen Moment lang fühlte ich mich wie betrogen. Als Ailin und ich zusammen in die Schule gegangen waren, hatten wir darüber gesprochen, was wir nach dem Schulabschluss machen wollten. Ich wollte Ärztin werden und Ailin Lehrerin. Keine von uns beiden hatte vorgehabt zu heiraten und außerdem wollten wir unseren Lebensunterhalt selbst verdienen.

Doch dann überlegte ich mir, dass ich kein Recht dazu hatte, Ailin zu verurteilen. Schließlich hatte ich auch an Heirat gedacht – mit Liang Baoshu. Und für Ailin stand der Plan, Lehrerin zu werden, schon längst nicht mehr zur Debatte.

Trotzdem konnte ich mir nicht vorstellen, dass Ailin ein Restaurant betreiben sollte.

»Weiß das ihre Familie?«, fragte ich Miss Gilbertson.

Die Lehrerin schüttelte den Kopf und seufzte. »Ich glaube nicht, dass Ailin zu ihrer Familie noch Kontakt hat.«

Wie benommen ging ich nach Hause. Ich wusste, dass Ailins Zukunft in völlig andere Bahnen gelenkt worden war, nachdem sie sich geweigert hatte, sich die Füße einbinden zu lassen. Aber ich hätte nie gedacht, dass ihr Leben eine so drastische Wendung nehmen würde. Es war schlimm genug, dass sie als Kindermädchen arbeiten und bei der Hausarbeit helfen musste. Aber mit ihrem zukünftigen Mann ein Restaurant zu betreiben, das klang nach wirklicher Knochenarbeit.

Nachdem ich erfahren hatte, dass Ailin heiraten würde, dachte auch ich ernsthafter über eine Zukunft mit Liang Baoshu nach. Und wenn er mich gar nicht so sehr mochte, wie ich dachte? Nicht dass das irgendetwas groß verändern würde, wenn seine und meine Eltern die Heirat beschlossen. Aber was würde aus meinen Plänen, Ärztin zu werden? Konnte eine verheiratete Frau einen Beruf ausüben? Die Lehrerinnen an der MacIntosh-Schule wie Miss Gilbertson und Miss Scott waren unverheiratet. Und bisher hatte ich noch keine verheiratete Ärztin kennen gelernt. Ailin hatte keine Möglichkeit mehr, eine Ausbildung als Lehrerin zu machen, aber ich hatte noch die Wahl.

Je näher die Abschlussprüfungen rückten, desto mehr musste ich über meine Zukunft nachdenken. Einige aus meiner Klasse kündigten an, dass sie gleich nach der Schule heiraten würden. Andere erzählten, dass sie sich zwar bald verloben, aber mit der Hochzeit noch warten würden. Niemand fragte mich nach meinen Hochzeitsplänen. Und ich hatte keine enge Freundin, mit der ich über so persönliche Dinge hätte reden können. Außerdem hatte ich ja bereits öffentlich erklärt, dass ich nicht heiraten, sondern mich als Ärztin selbständig machen wollte.

Meinen Abschluss legte ich mit Spitzennoten in den naturwissenschaftlichen Fächern ab. Weniger gut waren sie in Literatur und Kalligraphie. Mein Schreiblehrer meinte, ich sei zu ungeduldig und zu impulsiv und hätte daher keine sichere Hand für das Schreiben mit dem Pinsel. Überrascht war ich über die gute Note in Englisch, das nie eines meiner stärksten Fächer gewesen war.

Vater fragte mich, wo ich studieren wolle. Ich musste noch einige Vorkurse in Fächern belegen, die Voraussetzung für die Zulassung zu einer medizinischen Hochschule waren.

»Was ist mit den Universitäten?«, fragte ich und dachte dabei an die Diskussionen meiner Brüder über diese neue Art der Akademien. »Nehmen die auch Mädchen auf?«

»Einige schon«, sagte Vater. »Mit deinen Noten, denke ich, müsstest du dort aufgenommen werden.« Doch dann runzelte er die Stirn. »Die meisten Universitäten sind in Peking, doch der Norden ist zu unruhig. Die Vorstellung, dass du dort auf eine Hochschule gehst, gefällt mir gar nicht.«

Aber nicht nur der Norden war unruhig. Obwohl unser Land nun schon seit zehn Jahren eine Republik war, war unsere Sicherheit doch nicht garantiert. In Nanking war es verhältnismäßig ruhig, doch auch hier gab es immer wieder Ausbrüche von Gewalt.

Beim Abendessen waren die unstabilen Verhältnisse im Land wieder Hauptthema. »Hätten wir doch nur die guten alten Zeiten zurück«, sagte Zweiter Bruder seufzend, »als noch Recht und Ordnung herrschten.«

»Welche guten alten Zeiten?«, wollte ich wissen. »Meinst du die Zeit von deinem Helden Konfuzius? Der hat in einer Zeit endloser Bürgerkriege gelebt!«

»Ich will einfach eine starke Hand, die diese ganzen Unruhen beendet«, beteuerte Zweiter Bruder.

»Klar, eine starke Hand hat schon einmal das Land geeinigt und die ganzen Unruhen niedergeschlagen«, sagte Vater und lächelte.

»Du meinst doch Qin Shihuang, oder?«, fragte ich und wandte mich grinsend an Zweiter Bruder. »Das stimmt, der hat das Land geeinigt und wurde der erste Kaiser. Aber er hat Bücher verbrennen und Schüler lebendig begraben lassen.«

Liang Baoshu aß auch an diesem Abend mit uns und Vater fragte ihn: »Was glaubst du? Gibt es jemanden, der stark genug ist, China wieder zu einigen?«

»Nach dem Tod von Yuan Shikai«, sagte Liang Baoshu, »ist kein starker Mann mehr aufgetaucht.«

Nach dem Ende der Mandschu-Dynastie hatte sich General Yuan Shikai mehr oder weniger zum Diktator erhoben und hätte es fast geschafft, Kaiser zu werden. Auch wenn er schon seit fünf Jahren tot war, warf sein Name noch immer einen Schatten. Würde es vielleicht bald einen neuen Yuan Shikai geben?

»Es ist ein Jammer, dass Sun Yat-sen nicht Präsident bleiben kann«, meinte Vater. »Man sagt, seine Gesundheit sei nicht besonders gut.«

Vater war ein großer Bewunderer von Sun Yat-sen, der oft als Vater der Republik bezeichnet wurde und dem man das hauptsächliche Verdienst am Ausbruch der Revolution vor zehn Jahren zuschrieb.

»Das Problem mit einer Demokratie ist, dass es keine rechtlichen Möglichkeiten gibt, die Nachfolge zu bestimmen«, murmelte Liang Baoshu. »Und das bedeutet jedes

Mal eine Epoche voller Aufruhr, wenn der Präsident abtritt.«

»Dann gibt es nur die Alternative der Monarchie«, sagte Ältester Bruder, »in der automatisch der älteste Sohn die Nachfolge antritt.«

»Die Briten haben eine Monarchie und das Land wirkt ziemlich gefestigt«, gab Vater zu. »Aber was ist, wenn der Nachfolger ein Idiot oder schwachsinnig ist? Ist nicht König Georg der Dritte verrückt geworden?«

Das Gespräch wandte sich nun England zu und Vater gab einige seiner Erlebnisse zum Besten. Er erzählte, wie er bei einem Staatsessen die Fingerschale aufgenommen und das Wasser getrunken hatte, das zum Reinigen der Finger bestimmt war. Ich kannte diese Geschichte schon, weil er sie sehr oft erzählte. Manchmal hatte ich den Verdacht, dass ihn dieser Vorfall noch immer schmerzte, und ich überlegte, ob man vielleicht, wenn man eine Geschichte immer und immer wieder erzählt, den Stachel lockern konnte. Ich fragte mich, wie es wohl sein mochte, in einem Land zu leben, wo einem in der Öffentlichkeit jederzeit ein peinlicher Fehler unterlaufen konnte.

Als Liang Baoshu an diesem Abend ging, wusste ich immer noch nicht, welche Regierungsform er für China für richtig hielt. Eine Woche später fand ich es heraus.

Es war Sommer und wir saßen oft nach dem Abendessen draußen. Um die Mücken fern zu halten, zündeten wir dann eine Duftspirale aus gepressten Chrysanthemen an.

Noch nach Jahren weckte der Geruch einer solchen Duftspirale bei mir sofort die intensive Erinnerung daran, was an diesem Sommerabend geschehen war.

Sogar in unserem Hof, der in der Mitte unseres Anwesens lag, hörten wir auf der Straße näher kommendes Geschrei.

»Ein neuer Aufruhr?«, fragte Vater. »In der letzten Zeit hatte es keinen mehr gegeben. Ich hatte gedacht, die Verhältnisse würden sich langsam beruhigen.«

Mutter fächelte sich Luft zu und seufzte. »Wann werden diese Unruhen wohl endlich aufhören? Wenigstens ist es hier nicht so schlimm wie im Norden.«

Plötzlich waren ein paar Schüsse zu hören. Sofort musste ich an den Schuss in der Gasse von Schanghai denken. Der war ganz dicht bei mir losgegangen und hatte mich halb betäubt, während dieser hier eher wie das entfernte Knallen von Feuerwerkskörpern klang. Dann kamen ein paar weitere Schüsse ganz in der Nähe. Außerdem hörten wir das Geräusch rennender Füße.

Vater stand auf. »Ich sage Lao Feng wohl besser, er soll das Tor geschlossen halten und niemanden hereinlassen.«

Lao Feng war unser Torwärter und hatte schon zu Großvaters Zeiten für unsere Familie gearbeitet. Er wurde langsam alt, aber Vater brachte es nicht übers Herz, ihm zu sagen, dass es für ihn an der Zeit wäre, sich zurückzuziehen.

Ältester Bruder tauchte aus seinem Zimmer auf und kam zu uns herüber. »Was ist los? Ich habe Schüsse gehört.«

Vater kehrte mit ein paar Informationen zurück. »Ich habe Lao Feng gefragt, ob er irgendetwas gehört hat. Er sagte, er habe den Torwärter des Anwesens der Familie Li auf der anderen Seite der Straße gefragt, und der meinte, ein Trupp Soldaten habe geschossen, und es scheint so, als wollten sie jemanden festnehmen.«

Die Stimmen und Schritte verklangen. Offensichtlich hatte sich die Jagd in einen anderen Teil der Stadt verlagert. Ältester Bruder kehrte zu seinen Büchern zurück und Mutter stand auf und gähnte. »Diese Hitze macht mich müde. Ich gehe heute etwas früher zu Bett.«

Ich stand ebenfalls auf. Ich war zwar noch nicht müde und es war auch noch ziemlich hell, aber die Stechmücken wurden aggressiv, und so beschloss ich, mich unter das Moskitonetz in meinem Zimmer zurückzuziehen. Gerade als ich an meiner Tür angekommen war, hörte ich ein Flüstern hinter mir: »Junges Fräulein, jemand möchte Sie sehen.«

Ich drehte mich um und erkannte Lumei, eines unserer Mädchen. »Er will nicht, dass sonst noch jemand davon erfährt. Können Sie mitkommen?«

Mit klopfendem Herzen und so leise wie möglich folgte ich dem Mädchen. Wir durchquerten zwei Höfe und kamen dann zu der Gruppe kleiner Pflaumenbäume neben unserem Fischteich. Dort saß jemand auf dem Boden und lehnte sich gegen einen unserer Zierfelsen.

Es war Liang Baoshu und von seiner einen Schulter sickerte Blut herab.

果 *Viertes Kapitel* 候

Die Schüsse. Die Schritte. Natürlich! »Hat die Polizei dich verfolgt?«, fragte ich.

Er versuchte zu lächeln. »Ja, und ich bin über eure Mauer geklettert. Das hat meine letzten Kraftreserven aufgebraucht. Tut mir Leid.«

Ich sah mich um. Außer Lumei, dem Dienstmädchen, war niemand zu sehen. »Ich werde es keinem erzählen«, sagte sie ernst. Es war klar, das alles hier war für sie ein aufregendes Abenteuer – mit Liang Baoshu als Helden. Sah sie mich auch als Heldin – oder sich selbst? Ganz kurz empfand ich einen Stich von Eifersucht.

Dann riss ich mich ärgerlich über mich selbst zusammen. Jetzt war keine Zeit für romantische Träumereien. »Wie schwer bist du verletzt?«, fragte ich und versuchte ruhig zu klingen.

»Eine Kugel hat mich an der Schulter getroffen«, antwortete er und schaffte ein weiteres Lächeln. »Du willst doch Ärztin werden. Hier hast du eine Gelegenheit zum Üben.«

Ich holte tief Luft. »Ich werde mal nachschauen.«

»Es scheint so, als sei ich dein erster Patient, Yanyan«, sagte er.

Sofort fiel mir auf, dass er mich mit meinem Vornamen angeredet hatte – eigentlich meinem Spitznamen. In den letzten Minuten war unsere Beziehung eine andere geworden.

»Kannst du dich ein bisschen aufrichten, Baoshu«, sagte ich und sprach ihn ebenfalls mit dem Vornamen an. »Ich muss mir deinen Rücken ansehen, ob die Kugel die Schulter durchschlagen hat oder ob sie ...« Ich musste schlucken.

»Oder ob sie noch drinsteckt?«, beendete er meinen Satz. Mit Hilfe des Mädchens schaffte er es, sich aufrecht hinzusetzen. Der Schweiß auf seiner Stirn zeigte, welche Anstrengung ihn das kostete. Ich knöpfte seine Tuchjacke auf und konnte das scheußliche Loch sehen, wo die Kugel eingedrungen war. Dann untersuchte ich seinen Rücken. Es gab kein Austrittsloch.

»Ich muss die Kugel rausholen«, sagte ich und war stolz darauf, dass meine Stimme nur ein bisschen bebte.

Jetzt durfte ich keine Zeit mehr verlieren, denn ich musste handeln, solange es noch hell genug war. »Bring mir das Küchenmesser mit der schärfsten Spitze, das du finden kannst«, sagte ich zu Lumei. »Und eine Flasche von unserem stärksten *Wujiapi*-Schnaps.«

Es war jetzt fünf Jahre her, dass eines unserer Mädchen sich in die Hand geschnitten und Vater Schnaps in die Wunde gegossen hatte. Ich hatte inzwischen gelernt, dass Alkohol die Bakterien tötete und eine Entzündung verhinderte. Ich hatte den Alkohol oft auch selbst eingesetzt und Wundränder damit gesäubert. Jetzt würde ich ihn brauchen, um das Küchenmesser zu reinigen.

Lumei zögerte nur einen Moment, dann rannte sie los, um meine Anweisungen zu befolgen. Ich wusste, dass es den Eindruck erweckte, als wüsste ich, was zu tun sei, wenn ich nur fest und entschieden sprach.

Lumei kam mit einem geradezu gefährlich aussehenden Messer und einer kleinen Tonflasche voll Schnaps zurück. Und plötzlich wurde mir klar, dass ich noch nie zuvor mit einem Küchenmesser umgegangen war. Aber wenigstens wusste ich, mit welchem Ende ich zu arbeiten hatte: dem Ende mit der scharfen Spitze.

Ich goss etwas Schnaps über das Messer und wischte es trocken. »Das tut jetzt ein bisschen weh, Baoshu«, sagte ich.

»Das weiß ich«, gab er zur Antwort. Und das war das Letzte, was er für eine ganze Weile sagte.

Wenn ich später an die Untersuchung der Wunde dachte, erinnerte ich mich am besten an den Schweiß – und vielleicht meine Tränen –, die mir über das Gesicht strömten. Ständig musste ich mir die Augen wischen, und da meine Hände voller Blut waren, verschmierte ich damit natürlich auch mein Gesicht.

Baoshu gab keinen Laut von sich. Ein lautes Geräusch hätte nur Aufmerksamkeit erregt. Aber ich konnte an seinem gespannten Körper spüren, wie sehr er sich bemühte, still zu bleiben. Dann entspannte er sich plötzlich.

»Ist er tot?«, flüsterte Lumei, die Baoshu festhielt.

»Nein, ich glaube, er ist nur ohnmächtig geworden«, sagte ich schwer atmend. »Das macht es einfacher.«

Und so war es auch. Auf jeden Fall konnte ich nun, nachdem Baoshus Muskeln entspannt waren, die Wunde tiefer untersuchen. Schließlich stieß ich mit dem Messer auf etwas Hartes, Metallisches. Ich biss die Zähne zusammen und machte weiter. Nach einer, wie es mir vorkam, Ewigkeit gelang es mir dann, die Kugel herauszuholen.

Als ich auf den kleinen, blutigen Klumpen in meiner Hand blickte, spürte ich, wie mir ein großes Schluchzen der Erleichterung die Kehle hochstieg. Doch ich konnte es mir jetzt nicht leisten, zu weinen, ich war noch nicht fertig. Mit den Stoffstreifen, die Lumei mitgebracht hatte, verbanden wir die Wunde so gut wie möglich.

Langsam kam Baoshu wieder zu sich und fing an zu stöhnen. Ich musste ihm die Hand auf den Mund legen. Einen Augenblick lang starrte er mich an, dann nickte er zum Zeichen, dass er mich verstanden hatte.

Als wir fertig waren, war es dunkel geworden. »Wir können dich nicht hier draußen lassen«, sagte ich zu Baoshu. »Kannst du laufen?«

»Ich werde es müssen«, sagte er hart.

»Wir wollen versuchen, dich zu dem Vorratsschuppen gleich hinter den Pflaumenbäumen zu bringen«, erklärte ich ihm.

Dem Mädchen und mir gelang es, Baoshu auf die Füße zu stellen. Als wir am Schuppen angelangt waren, mussten wir ihn fast tragen. Der Schuppen war kahl und staubig, aber er bot zumindest Schutz und war weit genug von den Schlafräumen der Familie und des Hauspersonals entfernt, so dass die Geräusche, die wir verursachten, keine Aufmerksamkeit erregen konnten. Wir schoben ein paar Kästen zur Seite und machten einen Platz am Boden frei.

»Nicht gerade das Great Southern Hotel, was?«, sagte ich.

»Ich hab schon an schlimmeren Stellen geschlafen«, sagte Baoshu und sackte zu Boden.

Das Mädchen und ich sahen auf ihn nieder. »Wir lassen ihn jetzt besser ausruhen«, sagte ich schließlich. Ich hatte keine Ahnung, was man als Nächstes mit jemandem tun sollte, der ein Loch in der Schulter hat. Etwa ein warmes Getränk verabreichen oder die Füße höher legen?

»Ich hole ein paar Steppdecken und Bettzeug«, sagte Lumei, dann zögerte sie kurz. »Junges Fräulein, Sie sollten sich waschen. Sie haben überall Blut im Gesicht und an den Händen.«

Jetzt erst merkte ich, dass meine Hände nicht nur klebrig waren von Blut, sondern auch nach Blut rochen. Eine Welle von Übelkeit überkam mich. Ich atmete tief ein und richtete mich auf. Ich wollte Ärztin werden und mit Situationen wie dieser hier würde ich immer wieder konfrontiert werden.

»In Ordnung«, sagte ich zu Lumei. »Suche ein paar Decken für ihn, und ich will versuchen, später in der Nacht wieder herzukommen.«

Gerade als ich mein Gesicht abtrocknete, hörte ich

das Hämmern gegen unser Tor. Es donnerte richtig, so laut, dass ich es selbst im Inneren unseres Anwesens hören konnte, wo mein Schlafzimmer lag. Mein Herz fing an schneller zu schlagen. War es möglich, dass die Polizei doch Baoshu gesehen hatte?

Ich hatte mir saubere Kleider angezogen und mein Haar gekämmt, als ich Mutters Stimme hörte: »Yanyan, schläfst du schon?«

Ich machte die Zimmertür auf. »Nein, Mutter, ich habe gelesen. Was ist passiert? Ich habe das Pochen am Tor gehört.«

»Vater möchte, dass wir alle in sein Arbeitszimmer kommen«, sagte Mutter. »Der Polizeichef ist da und will wissen, ob jemand von uns einen entkommenen Kriminellen gesehen hat.«

Einerseits war ich erleichtert, dass Baoshus Name nicht erwähnt wurde, was bedeutete, dass die Polizei nicht wusste, wer der Gejagte war. Aber auf der anderen Seite machte ich mir Sorgen, dass die Polizei ausgerechnet zu uns gekommen war. Hatte vielleicht einer von den Hausangestellten gesehen, wie Baoshu über die Mauer in unser Anwesen gestiegen war?

Als Mutter und ich in Vaters Arbeitszimmer kamen, waren meine Brüder schon da. Neben meinem Vater saß ein grauhaariger Mann, der mir irgendwie bekannt vorkam. Dann erinnerte ich mich, dass er schon mehrmals bei uns gewesen war, wenn wir eine Gesellschaft gegeben hatten. Bedrohlich sah er überhaupt nicht aus.

»Ich weiß, dass dies eine unverzeihliche Belästigung ist«, sagte er zu Vater. »Aber ich bin heute Abend hergekommen, weil wir einen gefährlichen Verschwörer suchen. Laut der Aussage von einem meiner Männer ist er zuletzt gesehen worden, wie er Ihre Straße entlanggerannt ist. Dann bog er um eine Ecke, und als meine Männer dort ankamen, war er verschwunden. Da dies alles in Ihrer Nachbarschaft passiert ist, befragen wir hier alle Haushalte für den Fall, dass jemand irgendetwas gehört hat.«

Wir sahen einander an, aber niemand sagte etwas.

»Hat jemand von euch etwas gesehen oder gehört?«, fragte Vater und sah uns der Reihe nach an.

»Früher am Abend haben wir Schreie gehört und Leute rennen«, sagte Ältester Bruder. »Und auch ein paar Schüsse.«

»Das waren meine Leute«, sagte der Polizeichef ungeduldig. Er wartete, aber niemand fügte etwas hinzu. »Es ist sehr seltsam, wie er sich einfach in Luft aufgelöst zu haben scheint.«

»Er könnte über eine Mauer geklettert sein«, sagte Vater.

Der Polizeichef schüttelte den Kopf. »Ich wüsste nicht, wie. Über eine Mauer zu klettern, hätte einiges gedauert und dafür waren ihm meine Männer zu dicht auf den Fersen.«

Plötzlich musste ich daran denken, dass einer, der im Kung-Fu trainiert ist, sehr wohl mit einem großen

Sprung eine Mauer überwinden kann. Dachte der Polizeichef auch daran? Offensichtlich nicht.

Aber jemand anderes dachte daran. Ich sah, wie sich Ältester Bruder versteifte. Unsere Blicke trafen sich, und er machte den Mund auf, um etwas zu sagen. Dann schloss er ihn wieder.

»Erzählen Sie doch von dem Flüchtenden«, sagte Vater. »Gehört er zu einer Verbrecherbande?«

»Er gehört zu einer Geheimgesellschaft, die sich verschworen hat, die Mandschu-Dynastie wieder einzusetzen«, sagte der Polizeichef. »Einem meiner Leute ist es gelungen, sich in die Gruppe einzuschleichen, und er hat uns berichtet, dass die Pläne der Leute Gestalt annehmen.«

»Kennt Ihr Mann die Identität des Verschwörers?«, fragte Ältester Bruder. Mit angehaltenem Atem wartete ich auf die Antwort.

Der Polizeichef schüttelte den Kopf. »Dummerweise tragen die Mitglieder alle Masken, ziemlich melodramatisch, und das hat verhindert, dass wir die Identität der Verschwörer erfahren konnten. Wir kannten allerdings Zeit und Ort der Treffen und wir haben gut ein halbes Dutzend der Verschwörer gefasst.« Er stand auf und entschuldigte sich noch einmal. »Es tut mir Leid, dass ich hier so eingedrungen bin, und dann auch noch so spät. Wenn jemand von Ihnen irgendetwas hören sollte, lassen Sie es mich bitte wissen.«

Nachdem sich der Polizeichef verabschiedet hatte, gingen wir langsam zu unseren Räumen zurück, ich neben

Ältester Bruder. »Jemand, der Verbindung zu den Mandschus hat ... jemand, der einen Sprung bis oben an die Mauer machen kann ...«, murmelte er nachdenklich. »Dir ist doch sicherlich klar, dass er sich sehr wohl irgendwo hier bei uns befinden kann.« Er schaute mich an.

Ältester Bruder hatte einen Verdacht! Ich musste zu einer Entscheidung kommen. Es gab keine Möglichkeit, wie ich Baoshu ohne Hilfe nach draußen schmuggeln könnte. Ältester Bruder würde mir noch am ehesten helfen, auch dann, wenn er Baoshus Verschwörung nicht billigte. Die beiden waren gute Freunde.

Ich ging mit Ältester Bruder in sein Zimmer und vergewisserte mich, dass sich niemand sonst in Hörweite befand. »Wie du schon vermutet hast«, sagte ich ruhig, »Baoshu ist hier. Er wurde angeschossen und ist jetzt in einem der Vorratsschuppen hinter den Pflaumenbäumen beim Teich.«

Eine ganze Weile schaute mich Ältester Bruder verblüfft an. »Aha«, sagte er dann. »Und wie bist du da reingeraten?«

Ich erzählte ihm von dem Mädchen. »Sie hat ihn in der Nähe der Mauer gefunden, und er hat sie überredet, mir eine Botschaft zu bringen.«

Wieder betrachtete er mich lange und erstaunt. »Es ist interessant, dass er zuerst den Kontakt zu dir gesucht hat. Mir fällt auf, dass du ihn beim Vornamen nennst. Habt ihr beide euch heimlich getroffen?«

»Aber natürlich nicht!«, protestierte ich. »Es ist nur so,

dass ... also es ist doch albern, unter solchen Umständen so förmlich zu bleiben.«

Ältester Bruder saß in Gedanken verloren da, während ich mich bemühte, nicht hin und her zu rutschen.

Schließlich blickte er auf und sah mich an. »Vater muss es erfahren.«

»Aber ... aber du weißt, was dann passiert!«, sagte ich. »Er wird es dem Polizeichef sagen und dann wird Baoshu festgenommen!«

Er sah mir direkt in die Augen. »Und das würde dich unglücklich machen?«

»Natürlich!«, sagte ich. »Willst du mir etwa weismachen, dass dich das nicht auch unglücklich machen würde? Immerhin ist er dein Freund!«

»Ich habe gedacht, dass er mein Freund ist«, sagte Ältester Bruder mit einem schiefen Lächeln. »Aber offenbar waren wir in seinen Augen nicht so gut befreundet, dass er mir vollständig vertraut hätte. Ich hatte schon den Verdacht, dass er in irgendetwas verstrickt war, aber doch nicht in eine Verschwörung zum Sturz unserer Regierung!«

Ich konnte ihn nicht davon abhalten, es Vater zu erzählen. Doch es wäre wahrscheinlich sowieso unmöglich gewesen, das Ganze geheim zu halten.

Dennoch war ich auf Vaters Zorn nicht vorbereitet. »Wie konnte ich so blind sein!«, rief er. »Wenn ich daran denke, wie er mich mit dem Gerede über die alten Tugenden hereingelegt hat! Und während der ganzen Zeit hat er eine Verschwörung gegen unsere Regierung geplant! Und das Schlimmste ist, er hat sich in mein Haus eingeschlichen und versucht, meine Tochter mit hineinzuziehen!«

Ich wollte protestieren, aber meine Kehle war wie zugeschnürt. Doch Ältester Bruder sprach für mich: »Ich glaube nicht, Vater, dass er mit der Absicht gekommen ist, Yanyan da mit hineinzuziehen. Er hat nur gedacht, dass sie ihm vielleicht helfen könnte.«

Vater wandte sich mir zu und sah mich eindringlich an. »Und warum hat er geglaubt, dass du ihm helfen würdest?« Und dann fragte mich Vater dasselbe wie Ältester Bruder: »Hast du ihn heimlich getroffen?«

»Nein, Vater«, antwortete ich mit fester Stimme.

Einen langen Augenblick sah mich Vater schweigend an. Er kannte mich besser als irgendjemand sonst, und er schien überzeugt, dass ich ihm die Wahrheit gesagt hatte. »Sehr gut. Dann lasst uns gehen und einen Blick auf den Verräter werfen.«

Wir hatten zwar in unserem Wohnbereich schon elektrisches Licht, aber der Vorratsschuppen war noch nicht an das Stromnetz angeschlossen. So nahm Vater eine Kerosinlampe mit und leuchtete uns den Weg. Als wir die Tür aufstießen, hörten wir ein Rascheln.

Ich sah, wie Baoshu versuchte, sich aufzurichten. Er blinzelte in das gelbe Licht der Laterne und mit seinen schweißverklebten Haaren und dem von Anstrengung gezeichneten Gesicht sah er nicht sehr gefährlich aus.

»Kannst du mir einen guten Grund nennen, warum ich den Polizeichef nicht informieren und dich sofort verhaften lassen sollte?«, wollte Vater von ihm wissen.

Baoshu versuchte zu lächeln. »Weil es zu spät ist, den Polizeichef aus dem Bett zu holen?«

Vater wurde fast schon etwas milder gestimmt, dann aber versteifte er sich wieder, als er mich ansah. »Deine verschwörerischen Umtriebe kann ich fast noch verstehen, wenn ich von deinem Glauben an die Monarchie ausgehe«, sagte Vater zu Baoshu. »Aber du hast meine Tochter in Gefahr gebracht, als du sie mit hineingezogen hast. Bei all den Leuten in unserem Haushalt – warum hast du ausgerechnet sie ausgesucht, dass sie dir helfen soll?«

Mit einer kaum wahrnehmbaren Verzögerung antwortete Baoshu: »Weil sie von all den Leuten in diesem Haushalt diejenige ist, die am besten der Gefahr ins Auge blicken kann.«

Trotz der angespannten Situation wurde mir ganz warm vor Stolz. Mut war das, was ich am meisten bewunderte, und Baoshu sagte, ich hätte Mut.

Vater stand schweigend da. Schließlich seufzte er: »Also gut. Ich werde dich nicht der Polizei melden. Aber sobald du wieder einigermaßen bei Kräften bist, möchte ich, dass du unser Anwesen verlässt und niemals wiederkommst.«

Es war unmöglich, geheim zu halten, dass Baoshu sich bei uns aufhielt, doch unsere Dienerschaft war absolut loyal, und so verging eine Woche, ohne dass jemand der Polizei einen Wink gab. Vor allem Lumei, die Baoshu zuerst gefunden hatte, versorgte ihn, doch ich wusste, dass ihm auch andere aus der Dienerschaft Essen brachten und was er sonst noch so brauchte.

Vater hatte mir verboten, zum Vorratsschuppen zu gehen. Aber nach zwei Tagen ängstlichen Wartens trat ich vor ihn und erklärte ihm, dass ich schließlich Ärztin werden wolle und es daher meine Pflicht sei, meinen Patienten zu besuchen. Schließlich erlaubte Vater mir, in Begleitung von Ältester Bruder nach Baoshu zu sehen.

Baoshu hatte zwar viel Blut verloren, aber er war von kräftiger Natur, und so fanden wir ihn deutlich erholt vor. Er saß aufrecht gegen ein paar Kisten gelehnt und trank Reisschleimsuppe aus einer Schale. Als wir hereinkamen, überzog ein strahlendes Lächeln sein Gesicht.

»Die Wunde scheint sehr schön zu heilen und es gibt keine Anzeichen für eine Entzündung«, sagte er zu mir. »Deine erste Arbeit als Ärztin war offensichtlich erfolgreich!«

»Da du jetzt wieder erheblich kräftiger bist«, sagte Ältester Bruder zu Baoshu, »solltest du daran denken, von hier zu verschwinden.«

Ich war überrascht, wie kalt Ältester Bruder sprach. Schließlich waren er und Baoshu eng befreundet gewesen. War er über die Verschwörung, die den Kaiser wieder einsetzen sollte, so schockiert? Dann kam mir ein anderer Gedanke: Vielleicht war Ältester Bruder verletzt, weil

Baoshu gesagt hatte, ich sei diejenige in der Familie, die am ehesten einer Gefahr ins Auge blicken konnte.

Baoshus Lächeln erlosch. »Natürlich. Ich darf eure Familie nicht länger gefährden. Ich gehe, sobald ich Kontakt zu Freunden aufgenommen habe, die mir helfen können, aus der Stadt zu entkommen.«

Der Kontakt kam zwei Tage später zustande. Ich weiß nicht, wie Baoshu es fertig gebracht hat, eine Botschaft nach draußen zu schmuggeln, aber ich hatte den Verdacht, dass Lumei ihm dabei geholfen hatte.

Ich hörte davon beim Abendessen. Vater nahm einen Löffel Suppe, räusperte sich dann und sagte: »Es hat den Anschein, dass unser, hm, Gast sich verabschiedet hat. Und da es keinerlei Anzeichen dafür gibt, dass die Polizei aktiv geworden ist, nehme ich an, dass er sicher entkommen konnte.« Bei diesen Worten blickte er mich scharf an.

Ich gab mir alle Mühe, ein ausdrucksloses Gesicht zu machen. Plötzlich tat meine rechte Hand weh, und ich merkte, dass ich meine Essstäbchen so fest umklammert hielt, dass die Knöchel ganz weiß geworden waren.

Eine Weile sprach niemand und wir setzten unsere Mahlzeit schweigend fort. Das Mädchen brachte einen gedünsteten Fisch herein, eine von Vaters Lieblingsspeisen. Normalerweise ließ er dem Koch seine Anerkennung dafür aussprechen, dass er dieses schwierige Gericht zubereitet hatte, aber heute blickte er kaum auf.

Ich hatte keinen Appetit mehr und konnte kaum einen

Bissen hinunterbringen, aber ich gab mir den Anschein zu essen und stocherte auf meinem Teller herum. Schließlich war auch diese nicht enden wollende Mahlzeit vorüber und ich konnte den Tisch verlassen.

An der Tür zu meinem Zimmer sah ich Lumei. Ihr verstohlenes Benehmen erinnerte mich daran, wie sie mir damals die Botschaft von Baoshu überbracht hatte. Diesmal hatte sie wieder eine Botschaft von ihm, allerdings eine schriftliche: »Kannst du es möglich machen, mich morgen in der Nähe des Eingangs zur MacIntosh-Schule zu treffen?«

果 *Fünftes Kapitel* 候

Nachdem ich die Botschaft gelesen hatte, sah ich Lumei an. »Weißt du, was hier drin steht?«

»Ich kann nicht lesen, junges Fräulein«, sagte sie mit gesenktem Blick. Ich fand, dass sie etwas mürrisch klang.

Es war nicht schwer, eine Ausrede zu finden, zur MacIntosh-Schule zu fahren. Nach meinem Abschluss hatten meine Eltern und ich uns oft darüber unterhalten, auf welche Hochschule ich nun gehen sollte, um mich auf meine Laufbahn als Ärztin vorzubereiten. Die Lehrer der MacIntosh-Schule hatten meinen Eltern gesagt, sie würden mir sehr gerne Empfehlungsschreiben ausstellen.

Als ich meiner Mutter sagte, dass ich eine der Lehrerinnen in der Schule besuchen wollte, war sie sofort einverstanden. Wahrscheinlich war sie erleichtert, dass mich auch noch etwas anderes als die Geschichte mit Baoshu beschäftigte. Allerdings bestand sie darauf, dass ich mit der Familienrikscha fuhr.

Als ich bei der Schule ankam, stand da noch eine ganze Reihe anderer Rikschas vor dem Tor. Ich stieg aus und sagte unserem Rikschamann, dass er ruhig in das Teehaus um die Ecke gehen könne. Möglicherweise würde es bei mir ziemlich lange dauern. Viele der anderen Rikschafahrer waren Stammgast in diesem Teehaus, und er war nur zu froh, sie dort zu treffen.

Nachdem er fort war, sah ich mich um und überlegte, was ich als Nächstes tun sollte. Wenn ich einfach vor dem Tor stehen bliebe, würde das verdächtig aussehen.

Einer der Rikschafahrer kam auf mich zu. Dicht vor mir hob er seinen Strohhut gerade so weit, dass ich sein Gesicht sehen konnte. Es war Baoshu. »Wünschen Sie eine Fahrt, junges Fräulein?«, fragte er.

Ich bemühte mich, gleichgültig auszusehen, nickte und stieg in den Wagen, wobei ich mich fragte, ob er überhaupt in der Lage war, eine Rikscha zu ziehen.

Zumindest konnte er sie ein Stück die Straße entlang und dann um die Ecke ziehen. Sobald wir außer Sichtweite waren, hielt er an und lehnte sich an den Wagen. »Hier können wir reden.«

»Wo bist du untergekommen?«, fragte ich. »Bist du dort sicher?«

»Es ist vielleicht besser, wenn ich dir nicht mehr sage, als du unbedingt wissen musst«, meinte er und fuhr plötzlich zusammen.

Ich folgte seinem Blick und sah einen Polizisten die Straße entlang auf uns zukommen. Er wirkte ziemlich gleichgültig, wie er so um sich blickte, und ich glaubte nicht, dass er irgendetwas Verdächtiges bemerkt hatte. Vermutlich ging er seine normale Streife.

Als er auf unserer Höhe war, tat ich mein Bestes, um nicht verdächtig zu wirken. Ich musste mir eine Erklärung ausdenken, was mit der Rikscha war, die mitten auf der Straße angehalten hatte. Am günstigsten war es, den Gegner direkt anzugehen. »Herr Polizist, können Sie mir vielleicht helfen«, fragte ich ihn mit meiner besten Junge-Dame-Stimme. »Ich suche die MacIntosh-Schule. Ich weiß nur, dass sie irgendwo hier sein muss.«

Der Polizist nickte mir höflich grüßend zu. »Es ist nicht mehr weit, junges Fräulein. Sie müssen einfach bis zum Ende der Straße und dann rechts um die Ecke biegen.« Mit gerunzelter Stirn wandte er sich an Baoshu: »Man sollte doch glauben, dass jeder halbwegs tüchtige Rikschafahrer Bescheid wüsste.«

»Ich wollte dort ja abbiegen«, jammerte Baoshu. »Aber die junge Dame hat ständig ihre Meinung geändert, welchen Weg wir nehmen sollen.«

»Bezahlen Sie den Burschen nicht, bevor er Sie nicht bis genau vor das Schultor gebracht hat«, riet mir der Polizist noch und ging dann weiter.

Nachdem er außer Sicht war, drehte sich Baoshu um und grinste mich an. »Das war ziemlich gut, dein ›Hilfloses Dämchen‹-Spiel. Ich weiß doch, wie sehr dir das gegen den Strich geht.«

»Dein ›dümmlicher Rikschafahrer‹ war aber auch nicht schlecht«, gab ich zurück. Ich war beeindruckt, wie geschickt wir den Polizisten getäuscht hatten. Es war zugleich aufregend und beunruhigend.

Baoshu hörte auf zu grinsen. Plötzlich beugte er sich vor und sah mir in die Augen. »Übermorgen verlasse ich Nanking und fahre in die Mandschurei. Willst du mit mir gehen? Ich will dich, Yanyan.«

Ich starrte ihn nur an. Mein Herz schlug heftig, und selbst wenn mir die Worte gekommen wären, hätte ich sie nicht herausgebracht. »Was meinst du?«, krächzte ich schließlich mühsam.

»Du musst wissen, wie viel du mir bedeutest!«, flüsterte er eindringlich. »Komm mit mir in den Norden. Seit dem Tag in der Gasse in Schanghai kann ich nur noch an dich denken, an deine Gelassenheit und deinen Mut. Du gehst mir nicht mehr aus dem Kopf!«

»Aber ... aber ... deine Pläne«, stotterte ich. »Ich bin dir doch nur im Weg! Du machst bei einer Verschwörung mit, die die Monarchie wieder einsetzen will. Was würden deine Freunde sagen, wenn ich dein Anhängsel wäre?«

»Es spielt überhaupt keine Rolle, was die denken!« Seine Augen strahlten. »Was würden wir für ein großartiges Gespann abgeben! Du wolltest immer das Abenteuer, Yanyan. Hier ist deine Chance!«

Das ging mir alles viel zu schnell. »Und was ist mit meinem Studium?«, fragte ich. »Ich will studieren und Ärztin werden.«

»Irgendwann wirst du die Möglichkeit dazu finden«, sagte er.

»So schnell kann ich mich nicht entscheiden«, protestierte ich. »Ich brauche Zeit zum Nachdenken.«

»Bis morgen musst du dich entschieden haben«, sagte er. »Vorsicht, da kommt jemand. Ich bring dich zur Schule zurück.«

Als er mich vor dem Tor der MacIntosh-Schule absetzte, sagte er leise: »Schicke mir morgen eine Nachricht durch dein Mädchen. Lumei heißt sie, oder?«

»Ich glaube, Lumei bewundert dich«, sagte ich, bevor ich mich bremsen konnte.

»Sie war nützlich«, sagte er ungeduldig. »Du bist die Einzige, die für mich von Bedeutung ist.«

Ich sah ihm nach, wie er die Straße entlangging, dann setzte ich mich und wartete auf unseren Rikschamann. Aus irgendeinem Grund dachte ich wieder an Lumei. Für Baoshu hatte sie keine Bedeutung. Sie war einfach nur nützlich.

Meinen Eltern war klar, dass mir irgendetwas Wichtiges durch den Kopf ging.

»Haben dir die Lehrer helfen können, dich für eine Hochschule zu entscheiden?«, fragte Vater.

Einen Augenblick lang wusste ich gar nicht, wovon er eigentlich sprach. »Was? Wieso Hochschule?«

Nachdenklich betrachtete Vater mein Gesicht. »Du denkst immer noch an Liang Baoshu, oder?«

Wenn ich das abstritte, würde sich Vaters Verdacht nur noch steigern. »Machst du mir deshalb einen Vorwurf? Sein Besuch hier war schließlich ganz schön dramatisch!«

»Weißt du, ich habe darüber nachgedacht, auf welche Hochschule du gehen könntest«, sagte er langsam. »Dein

Englisch ist erheblich besser geworden und deinen Lehrern zufolge sind deine Noten in den anderen Fächern ausgesprochen beeindruckend. Würdest du vielleicht gern eine Hochschule in England oder Amerika besuchen?«

Zum zweiten Mal an diesem Tag verschlug es mir die Sprache. Ich starrte ihn nur an.

Vater lachte. »Du siehst aus wie ein Fisch in unserem Karpfenteich, so wie du den Mund auf- und zumachst!«

Plötzlich fiel mir der Amerikaner ein, den wir in unserem Zugabteil während der Reise nach Schanghai getroffen hatten, und seine humorvolle und großzügige Reaktion auf unsere rüden Bemerkungen über die Ausländer. Und auch, dass er uns seine Visitenkarte gegeben hatte, aus der hervorging, dass er Professor an irgendeinem College in Amerika war. Vielleicht konnte ich diese Karte noch finden. Ich könnte an seinem College studieren.

Dann brach die ganze Idee in sich zusammen. Baoshu! Wenn ich mit ihm in die Mandschurei ginge, müsste ich alle meine Studienpläne aufgeben.

»Also?«, fragte mein Vater. Er blickte mich eindringlich an. »Was meinst du?«

»Ich brauche Zeit, darüber nachzudenken«, sagte ich. »So schnell kann ich mich nicht entscheiden.« Dann merkte ich, dass ich das heute schon einmal gesagt hatte.

In dieser Nacht konnte ich nicht schlafen. Ich versuchte, meine Gedanken zu sortieren. Wenn ich mit Baoshu ginge, müsste ich mit ziemlicher Wahrscheinlichkeit meinen Plan aufgeben, Ärztin zu werden. Er hatte zwar gesagt, dass ich irgendwann einmal studieren könne, aber wann, wenn überhaupt, würde das sein? Wahrscheinlich würde ich mit ihm von Ort zu Ort reisen müssen, um der Polizei zu entkommen, der Festnahme zu entgehen.

Doch was für ein Abenteuer, wenn wir beide zusammenarbeiteten und Gefahren meisterten! Baoshu könnte mich im Kampfsport trainieren, und ich würde eine von den Heldinnen werden, über die ich so viel gelesen hatte. Ich könnte auch helfen, wenn einer der Verschwörer verwundet würde. Stolz erinnerte ich mich daran, wie ich die Kugel aus Baoshus Schulter entfernt hatte. Mit dem Stolz zusammen empfand ich aber auch ein schmerzliches Bedauern. Wenn ich meinen Plan aufgab, auf die Hochschule zu gehen, würde ich in der Praxis nie über das Herausschneiden von Kugeln hinauskommen.

In Amerika zu studieren wäre auch ein großes Abenteuer! Ich musste an meine Freundin Tao Ailin denken und an ihre Erfahrungen in der großen Stadt San Francisco. Ihr Leben schien schwer zu sein, doch so aufregend, dass ich vor Neid fast grün wurde, wenn ich ihre Briefe las.

Nach Amerika zu gehen hieße, Baoshu aufzugeben. Ich dachte an seine Augen, als er mich bat, mit ihm zu kommen, und bei dem Gedanken, ihn nie wieder zu sehen, hatte ich einen dicken Kloß im Hals.

Aber dann fiel mir noch etwas anderes ein: die achtlose Art, mit der er über Lumei gesprochen hatte, die ihm so viel geholfen hatte und ihn so sehr bewunderte.

Was war, wenn er meiner überdrüssig wurde? Würde er dann über mich ebenso reden?

Die ganze Nacht wälzte ich mich hin und her. Irgendwann in den frühen Morgenstunden musste ich dann eingeschlafen sein. Als ich die Augen öffnete, war die Sonne schon aufgegangen. Ich wühlte mich aus dem Bett, und als ich verschlafen meine Kleider suchte, wurde mir klar, dass ich meine Gedanken noch immer nicht sortiert hatte. Im Laufe dieses Tages musste ich Baoshu meine Entscheidung mitteilen.

An diesem Morgen war es, als hätten meine Gedanken an Ailin gleich zu einem Ergebnis geführt. Als wir mit dem Frühstück fertig waren und vom Tisch aufstanden, sagte meine Mutter plötzlich: »Oh, fast hätte ich's vergessen. Gestern ist ein Brief von Tao Ailin gekommen.« Sie ging zu einem kleinen Schrank, nahm den Brief heraus und gab ihn mir. Ich riss den Umschlag auf.

Liebe Yanyan,
wahrscheinlich hast du schon von Miss Gilbertson gehört, dass ich nicht mit den Warners nach China zurückkehre. Ich habe mich entschieden, einen Mann mit dem Namen James Chew zu heiraten. Er hat vor, hier in Chinatown in San Francisco ein Restaurant aufzumachen, und ich werde ihm dabei helfen.
Ich vermute, dass ich ein ziemlich hartes Leben haben werde, besonders in den nächsten Jahren, aber ich bin darauf vorbereitet.

Ich wüsste allerdings auch nicht, wie ich das Leben einer chinesischen Frau der Oberschicht ertragen könnte. Schon die Vorstellung, den ganzen Tag damit zu verbringen, mit meinen Freundinnen Majong zu spielen oder über irgendwelche Dinge zu klatschen, würde mich wahnsinnig machen.

Im Restaurant werde ich Geschirr spülen und Gemüse putzen müssen, aber zumindest weiß ich, dass ich eine wichtige Rolle dabei spiele, damit das Restaurant ein Erfolg wird. Selbstachtung ist für mich wichtiger als alles andere.

Selbstachtung. Ja, das schätzte ich ebenfalls sehr hoch ein. Das hatte mir Vater beigebracht. Darin unterschied er sich von anderen chinesischen Vätern, für die Selbstachtung keine Eigenschaft war, zu der Mädchen ermutigt werden sollten. Würde ich als Baoshus Helferin und Komplizin meine Selbstachtung behalten können? Ich würde dann nicht um eine Sache kämpfen, an die ich glaubte. Ich würde es nur tun, um Baoshu zu gefallen.

Zum Schluss des Briefes schrieb Ailin:

Ich glaube, mein Vater hätte es für richtig gehalten, was ich mache, auch wenn Geschirr zu spülen in einem Restaurant in China nicht als passende Beschäftigung für eine junge Dame gilt.

Bitte verachte mich nicht, weil ich diesen Weg einschlage. Ich hoffe, wir können Freundinnen bleiben.

Ailin

Ailins Bemerkung darüber, dass ihr Vater es gutgeheißen hätte, traf mich wie ein Schlag. Eines hatte ich bei meinen ganzen Überlegungen völlig vergessen, nämlich was meine Entscheidung für meinen Vater bedeuten würde. Er war so stolz auf mich, weil ich Ärztin werden wollte. Mir fiel wieder ein, wie viel Vergnügen es ihm gemacht hatte, mir unter dem Mikroskop Bakterien zu zeigen.

Was würde er empfinden, wenn ich meine Studienpläne einfach so aufgab? Noch schlimmer: Ich würde mich mit jemandem verbinden, der sich verschworen hatte, die Republik zu zerstören und die Mandschu-Dynastie wieder einzusetzen. Das würde Vater zutiefst verletzen. Als würde ich ihm ein Messer in die Brust stoßen.

Ich hörte meine Mutter fragen: »Was schreibt Ailin denn?«

»Sie ... sie schreibt, dass sie und ihr Mann vorhaben, ein Restaurant zu eröffnen«, antwortete ich. »Sie wird sehr ... sehr schwer arbeiten müssen, schreibt sie.«

Plötzlich merkte ich, dass mir Tränen über das Gesicht liefen. Ich wischte sie mit dem Ärmel ab und rannte in mein Zimmer. Dort warf ich mich auf das Bett und weinte so lange, bis meine Kehle vom Schluchzen wehtat.

»Was ist mit dir?«, fragte Mutter. Sie stand mit großen, besorgten Augen in der Tür. »Ist irgendetwas mit Ailins Brief? Ist sie sehr unglücklich?«

Ich hatte gar nicht daran gedacht, dass es auch Mutter das Herz brechen würde, wenn ich mit Baoshu davonliefe. Ich setzte mich auf und wischte mir die Tränen ab. Meine Entscheidung war gefallen.

»Nein, Ailin ist überhaupt nicht unglücklich«, sagte ich. »Ich möchte nach Amerika fahren und sie besuchen.«

Nachdem Mutter noch ein paar besänftigende Bemerkungen gemacht und mein Zimmer verlassen hatte, nahm ich meinen Stift und ein Blatt Papier. Meine Botschaft an Baoshu war kurz. Sie lautete: »Es tut mir Leid. Ich kann nicht mit dir gehen.«

Lumei nahm meine Nachricht und nach etwa einer Stunde kam sie mit Baoshus Antwort zurück. Sie war noch kürzer als meine: »Ich gebe nicht auf.«

»Cornell?«, fragte Vater. »Ich glaube, ich habe von dieser Universität gehört. Aber warum hast du gerade die ausgesucht? Sie liegt in einer kleinen Stadt, weit ab von jeder Großstadt.«

Ich zeigte ihm die Visitenkarte des Mannes, den ich im Zug getroffen hatte. »Wir haben diesen Mann auf der Reise nach Schanghai kennen gelernt. Er ist Professor an der Cornell Universität und scheint ein sehr netter Mensch zu sein. Wenn ich also irgendwelche Probleme haben sollte, könnte ich mich an ihn um Hilfe wenden.«

Vater las die Karte. »Hmm ... George Pettigrew, Professor für orientalische Geschichte.«

»Er spricht auch sehr gut Chinesisch«, fügte ich hinzu. Ich erzählte nichts von der peinlichen Geschichte, durch die ich das herausgefunden hatte.

»Also gut«, sagte Vater. »Lass mich ein paar Informationen über Cornell einholen. Auch die Lehrer in deiner Schule können uns vielleicht einen Rat geben.«

Das, was Vater über die Cornell Universität in Erfahrung brachte, gefiel ihm. Anders als viele andere amerikanische Universitäten war diese nicht an irgendeine religiöse Organisation gebunden. Am besten aber gefiel ihm, dass sie von Anfang an auch Mädchen aufgenommen hatte. Der Gründer der Universität, Ezra Cornell, hielt offensichtlich eine gute Ausbildung für Mädchen und Frauen für sehr wichtig.

Mutter protestierte: »Yanyan bekommt an so einer Universität bestimmt sehr undamenhafte Vorstellungen. Nicht dass sie die nicht sowieso schon hätte! Können wir sie nicht auf ein Mädchen-College schicken?«

Vater sah mich an und in seinem Blick lagen Stolz und ein Hauch von Verzweiflung. »Ich glaube, es ist ein hoffnungsloses Unterfangen, Yanyan zu einer wohlerzogenen jungen Dame machen zu wollen. Jedenfalls hat sie sich in den Kopf gesetzt, Medizin zu studieren, und ich habe gehört, dass diese Universität ein gutes Lehrangebot hat. Ich werde dorthin schreiben, und wir werden sehen, ob sie angenommen wird. Es ist schon Sommer und ein bisschen spät im Jahr für eine Bewerbung, doch vielleicht werden in besonderen Fällen Ausnahmen gemacht.«

In den folgenden Tagen fiel es mir schwer, meine Nervosität zu verbergen. Meine Eltern dachten, ich machte mir Sorgen, ob ich an der Cornell aufgenommen würde, und ich sagte ihnen nicht, dass ich etwas ganz anderes im Kopf hatte.

In Baoshus Botschaft hatte nichts über seine weiteren Pläne gestanden. Möglicherweise war er zu sehr davon in Anspruch genommen, aus der Stadt zu entkommen, um an mich zu denken. Vielleicht war er aber auch schon fort und befand sich in der Mandschurei in Sicherheit. Gespannt beobachtete ich Lumei, ob sie vielleicht eine neue Nachricht für mich hätte.

Schließlich hielt ich es nicht länger aus und fragte sie, ob sie etwas von Baoshu gehört hätte.

»Nein«, antwortete sie knapp. »Wenn ich etwas wüsste, hätte ich es Ihnen gesagt.«

Endlich bekam Vater eine Antwort von der Cornell Universität. »Sie schreiben, dass du dich für das kommende Semester als Gaststudentin einschreiben kannst«, sagte er mir. »Wenn du gut mitkommst, wirst du im Frühjahr als reguläre Studienanfängerin zugelassen.«

In den nächsten Wochen befand ich mich in einem solchen Strudel von Aktivitäten und war fast zu sehr in Anspruch genommen, um mir über Baoshu Gedanken zu machen. Mutter hatte eine Schneiderin bestellt, die mir westliche Kleidung nähen sollte. Als Kind hatte ich die traditionelle Kleidung chinesischer Mädchen getragen, die aus einer Hose und einer nach dem Stil der Mandschus seitlich geknöpften Tunika bestand. So kleideten sich die meisten Frauen. Nach der Revolution trugen viele der jüngeren Frauen einen leicht westlich beeinflussten

Kleidungsstil. Sie trugen lange Röcke und darüber die Mandschu-Tunika. Schülerinnen wie ich trugen etwas kürzere, wadenlange Röcke mit der Tunika darüber. Aber jetzt wurde mir Kleidung genäht, die aussah wie die der amerikanischen Lehrerinnen an der MacIntosh-Schule.

Statt der Tuniken bekam ich vorne durchgeknöpfte Blusen, über denen eine dicke Jacke getragen wurde. Woran ich mich am schwersten gewöhnte, war der Wollstoff, aus dem die meisten Jacken und Röcke waren. Kleidung aus Wolle war warm, und das würde auch nötig sein, meinte Vater, denn dort, wo ich hinführe, wären die Winter bitterkalt. Aber ich fand die Wolle einfach kratzig und fragte mich, wie unsere Lehrerinnen das Tag für Tag aushalten konnten. Vielleicht war Miss Scott deshalb immer so schlecht gelaunt.

Es war schwierig, jemanden zu finden, der mich auf der langen Reise begleiten würde. Mutter war entsetzt, als ihr klar wurde, dass ich nach der Schiffsreise auch noch nahezu den ganzen Kontinent durchqueren musste, um zu der Stadt zu gelangen, in der sich die Universität befand. »Es ist völlig undenkbar, dass ein anständiges junges Mädchen wie Yanyan eine so weite Strecke alleine reist!«, sagte sie immer wieder mit Nachdruck.

Plötzlich fiel mir erneut Professor Pettigrew ein. Er hatte doch gesagt, dass er und seine Frau nach Amerika zurückwollten. Wenn sie nicht schon abgefahren waren, könnte ich doch mit ihnen reisen.

Vater fand die Idee ausgezeichnet. »Ich sehe, du denkst

mit. Dir scheint der Besuch von Cornell wirklich wichtig zu sein.«

Er riet mir, Professor Pettigrew noch am selben Nachmittag anzurufen. Dabei stellte sich heraus, dass die Pettigrews sehr gut mit Miss Gilbertson befreundet waren. Die kleine Gruppe von Amerikanern in Nanking hielt engen Kontakt.

Ich hatte etwas heiße Backen, als ich Mr. Pettigrew nun wieder traf, aber er schien sich wirklich darüber zu freuen, dass ich mich an ihn gewandt hatte. Seine Frau war ebenfalls herzlich und entgegenkommend.

»Du bist also Sheila?«, sagte sie. »Frances Gilbertson hat uns von dir erzählt.«

Miss Gilbertson hatte jeder Schülerin in ihrer Klasse einen englischen Namen gegeben und meiner war Sheila. Ailins englischer Name war Eileen, was ihrem ursprünglichen ja ziemlich ähnlich klang. Ich aber hasste den Namen Sheila, doch da die Amerikaner mit meinem chinesischen Namen Xueyan Schwierigkeiten haben würden, musste ich ihn wohl benutzen.

Mrs. Pettigrew hatte runde rosa Backen, und wenn sie lachte, was sie oft tat, zeigte sie einen ganzen Mund voll großer weißer Zähne. Als sie mich dann von oben bis unten musterte und ausrief: »Ach, du kleiner Liebling, du bist zum Auffressen süß!«, erschrak ich.

Was war an mir, das die Leute an Essen denken ließ? Ich erinnerte mich an den Ganoven in Schanghai, der mich einen saftigen kleinen Leckerbissen genannt hatte.

Das passte nicht zum Bild der Kriegerin, das ich gerne abgegeben hätte.

Als Vater den Pettigrews erzählte, dass ich vorhatte, auf die Cornell zu gehen, schlug es Mrs. Pettigrew selbst vor, mit demselben Schiff wie sie zu fahren und mit ihnen im Zug die Vereinigten Staaten zu durchqueren.

Sogar Mutter beruhigte sich, als sie von meiner Reisebegleitung hörte. Einen Nachteil hatte die Reise mit den Pettigrews allerdings. Sie hatten die Überfahrt auf einem Schiff gebucht, das nach Seattle fuhr, einer Stadt in der nordwestlichen Ecke Amerikas. Von dort wollten sie einen Zug auf der nördlichen Strecke nach Ithaca, New York, nehmen. Ich hatte Ailin schon geschrieben, dass ich in Amerika eine Universität besuchen würde, und nun musste ich ihr mitteilen, dass mein Schiff San Francisco gar nicht anlaufen würde und ich sie bei meiner Ankunft in Amerika nicht besuchen konnte. Ich musste irgendeine andere Möglichkeit finden, sie zu treffen.

Meine letzten Tage in Nanking waren voller Hektik. Am Abreisetag war ich dann so müde, dass es mir kaum etwas ausmachte, Nanking zu verlassen, die Stadt, in der ich mein ganzes Leben lang zu Hause gewesen war.

Auf den Docks von Schanghai musste ich an den Tag denken, als ich hier Ailin Lebewohl gesagt hatte. Damals war ich voller Neid gewesen, weil Ailin zu einem großen Abenteuer aufbrach, während ich kaum hoffen konnte, jemals nach Amerika zu kommen.

Diesmal brach ich selbst nach Amerika auf. Als Ailin abfuhr, war ich der einzige Mensch gewesen, der sie verabschiedete. Heute waren meine Eltern auf dem Dock und winkten mir zum Abschied. Ich konnte sehen, wie sich meine Mutter die Augen mit einem Taschentuch wischte. Bei unserem nächsten Wiedersehen würde ich schon eine erwachsene junge Frau sein.

Ailin hatte die Menge nach dem Gesicht einer Freundin abgesucht. Ich suchte die Menge auch ab – nach einem anderen Gesicht. Plötzlich dachte ich, ich würde Baoshu sehen, aber dann war es doch jemand anderes. Nicht ein Wort hatte er mir zukommen lassen. Auf einmal überkam mich ein großer Schmerz, denn ich glaubte kaum, dass ich ihn noch einmal wieder sehen würde.

果 *Sechstes Kapitel* 候

An der MacIntosh-Schule hatten wir auch amerikanische Geographie gelernt, aber auf die Wirklichkeit war ich nicht vorbereitet. Unser Schiff legte in Seattle an. Dort wollten wir die Nacht verbringen, bevor wir den Zug nahmen, der uns quer durch den Kontinent bis in den Staat New York bringen sollte.

Was mich hier auf den Straßen besonders verblüffte, waren einige Menschen mit bräunlichen Gesichtern und pechschwarzen Haaren.

»Sind das Chinesen?«, fragte ich Mr. Pettigrew flüsternd, als wir das Hotel betraten.

»Das sind Indianer«, sagte Mr. Pettigrew. »Einige von ihnen haben ihre Reservate verlassen, um in der Stadt Arbeit zu suchen.«

»Ich dachte, Indianer tragen Federn auf dem Kopf, leben in Zelten und reiten auf Pferden«, sagte ich empört und enttäuscht. Diese Menschen trugen dieselben Hemden und Hosen aus Baumwolle wie die anderen Leute um sie herum.

Mr. Pettigrew grinste. »Du hast bestimmt auch gedacht, Indianer haben eine rote Haut. Erinnerst du dich?«

Ich nickte verlegen. Es schien, als würden sich meine Vorstellungen von Amerika, die ich vor allem vom Hörensagen her kannte, als nicht ganz richtig herausstellen.

Abends im Hotel schrieb ich an meine Eltern, dass ich gut und unbeschadet in Amerika angekommen sei. Außerdem schrieb ich an Ailin:

Liebe Ailin,
inzwischen hast du sicher meinen Brief erhalten, in dem ich schreibe, dass ich nach Amerika komme. Unser Schiff hat in Seattle angelegt, das im Nordwesten Amerikas liegt. Es ist eine wunderschöne Stadt, umgeben von Bergen in der Ferne, die sogar noch Ende des Sommers mit Schnee bedeckt sind. Es gibt hier richtige Indianer! Nur sehen sie gar nicht so aus, wie ich erwartet hatte. Ehrlich gesagt, viele Dinge sind ganz anders, als ich gedacht hatte.
Morgen früh beginnt unsere Reise mit dem Zug quer durch Amerika. Ich glaube nicht, dass der Zug von Indianern angegriffen wird, die auf Pferden reiten.
Es ist so schade, dass ich dich nicht besuchen kann, bevor ich an die Ostküste reise. Ich hoffe, wir können später einmal ein Treffen möglich machen.
Yanyan

Der Zug fuhr durch den nördlichen Teil Amerikas, und ich verfolgte die Strecke auf einer Karte, die ich mitgebracht hatte. Wir durchquerten die Staaten Washington und Idaho, die gebirgig und vor allem dicht bewaldet waren. So viele Wälder hatte ich noch nie zuvor in meinem Leben gesehen! Kein Wunder, dass die meisten Häuser aus Holz gebaut waren statt aus Steinen oder Lehm. Nicht dass wir viele Häuser gesehen hätten. Ich war erstaunt, wie leer das Land war. Wir fuhren Stunden um Stunden, ohne durch eine einzige Stadt zu kommen!

Dann wurde die Landschaft flacher, und als wir nach Montana kamen, sahen wir einige Leute auf Pferden.

»Das sind Cowboys«, erklärte mir Mr. Pettigrew. »Hier draußen im Westen gibt es immer noch Ranches und Cowboys, obwohl ihre Zahl von Jahr zu Jahr geringer wird.«

Ich hatte von Cowboys gelesen und sie schienen mir sehr romantische Gestalten zu sein. Plötzlich fühlte ich einen Stich, als ich mich daran erinnerte, wie gerne Baoshu geritten war. Entschieden zwang ich mich, nicht mehr an ihn zu denken.

Wir ließen die gebirgigen Staaten des Westens hinter uns und kamen durch ein fast wüstenähnliches Gebiet, das sich endlos erstreckte, bevor wir die grüneren Staaten des Mittelwestens, Minnesota und Wisconsin, erreichten. Es war seltsam, dass auf so großen Gebieten fruchtbaren Ackerlands so wenig Menschen lebten.

In Chicago, der größten Stadt, die ich bisher gesehen hatte, wechselten wir den Zug. Von nun an waren überall mehr Menschen. Nach so vielen Meilen Leere war der Anblick von Menschenmengen richtig erfrischend. Tatsächlich gab es von nun an nur noch selten unbesiedelte

Gebiete. Auf unserer Fahrt weiter nach Osten kam es nur noch selten vor, dass wir nicht an einer Stadt oder Siedlung vorbeifuhren.

Die Cornell Universität lag in Ithaca, im Staat New York. Hieß das, dass wir uns in der Nähe der größten Stadt Amerikas befinden würden?

Zu meiner Überraschung stiegen wir in einer mittelgroßen Stadt noch einmal um und fuhren mit einem kleineren Zug nach Süden.

»Ithaca liegt in der Mitte des Staates New York und ziemlich weit entfernt von New York City«, beantwortete Mr. Pettigrew meine Frage.

An einem späten Sommernachmittag erreichte ich nach einer Reise von fast einem Monat schließlich die Stadt, die in den nächsten vier Jahren mein Zuhause sein würde.

Als Erstes musste ich ein Zimmer finden, denn bei den Pettigrews konnte ich nicht wohnen. Ihre beiden Söhne würden gegen Ende des Sommers nach Hause kommen und ihr Haus bot kaum genug Platz für ihre eigene Familie.

Die Pension, die die Pettigrews für mich fanden, lag in einer steilen Straße nicht weit von der Universität. Sie wurde von einer Witwe, Mrs. Harte, betrieben. Es verblüffte mich, dass in Amerika eine Frau Eigentum besitzen konnte so wie Mrs. Harte dieses große dreigeschossige Haus mit sechs Schlafzimmern. Nach dem Tod ihres Mannes vor sechs Jahren hatte Mrs. Harte begonnen,

Pensionsgäste aufzunehmen. Ich lernte, dass »Pensionsgäste« die Leute waren, die bei ihr ein Zimmer mieteten und auch bei ihr aßen.

Als ich mich vor Mrs. Hartes Haustür von den Pettigrews verabschiedete, war es ein bisschen so, als würde ich meinen Eltern ein weiteres Mal zum Abschied winken.

Mrs. Pettigrew umarmte mich so fest, dass mir die Luft wegblieb. »Du musst uns ganz oft besuchen, hörst du?«

»Wenn du irgendein Problem hast, dann komme damit einfach gleich zu uns«, sagte Mr. Pettigrew. »Außerdem bin ich auch in meinem Büro in der Universität jederzeit erreichbar.«

»Und vergiss nicht, Sheila«, sagte Mrs. Pettigrew noch zum Abschied, »wir erwarten dich kommenden Sonntag zum Essen.«

Ich musste mir die Tränen aus den Augen blinzeln, als ich den beiden nachsah, bis sie um eine Ecke verschwanden. Während der langen Reise war ich zu aufgeregt gewesen, um Heimweh zu bekommen. Außerdem hatte ich gewusst, dass der Aufenthalt auf dem Schiff und im Zug nur vorübergehend war. Doch nun wurde mir klar, dass ich zehntausend Meilen von zu Hause weg war und in einer fremden Stadt wohnte, in der ich praktisch niemanden kannte. Zum ersten Mal in meinem Leben war ich ganz auf mich allein gestellt.

Plötzlich überkam mich solch ein Gefühl von Einsamkeit, dass ich mir nicht vorstellen konnte, wie ich es auch nur eine Woche in Ithaca aushalten sollte. Die vier Jahre, die mein Studium dauern würde, erstreckten sich wie eine Ewigkeit vor mir.

Ich ging hinauf in mein Zimmer, setzte mich auf das schmale Bett und war zu deprimiert, um auch nur meine Sachen auszupacken. Ich weiß nicht, wie lange ich so gesessen hatte, vielleicht eine Stunde, vielleicht länger. Schließlich klopfte es an der Tür.

»Haben Sie alles, was Sie brauchen, meine Liebe?«, erklang Mrs. Hartes Stimme.

Ich stand auf und öffnete. »Ja, danke, Mrs. Harte«, gelang es mir zu sagen.

»Das Abendessen ist um sechs Uhr«, sagte sie und gab mir ein paar Handtücher.

Nachdem sie gegangen war, wusch ich mir das Gesicht in dem Emaillewaschbecken, das sich in einer Ecke des Zimmers befand. Als ich in den darüber hängenden Spiegel blickte, sah ich darin ein verschrecktes Kind mit zitternden Lippen.

Doch dann biss ich die Zähne zusammen. Wo ich sonst Mut höher einschätzte als alles andere! Ich hatte mich doch schon mit Baoshu in irgendeinem entlegenen mandschurischen Wald leben gesehen, und nun schniefte ich jämmerlich herum, nur weil ich mich in einer kleinen amerikanischen Stadt befand.

Ich machte meinen Koffer auf, packte meine Sachen und stopfte sie unordentlich in die Schubladen. Es war Zeit, nach vorne zu schauen.

Beim Abendessen saß ich mit drei Fremden am Tisch, zwei Männern und einer jungen Frau. Mrs. Harte stellte mich den anderen als Sheila vor. Der Mann neben mir sagte, sein Name sei Joe und sein Freund gegenüber am Tisch heiße Marvin. »Wir arbeiten in einer Bank hier in der Stadt«, sagte er.

Ich wandte mich der jungen Frau zu, die mich anlächelte und sagte, sie heiße Sibyl. »Bist du zu Besuch in Amerika?«

»Nein, ich werde vier Jahre hier bleiben. Ich bin Studentin und will auf die Cornell Universität gehen.«

»Das passt ja großartig!«, sagte Sibyl. »Ich bin Bibliothekarin an der Uni. Wenn du willst, kann ich dich morgen früh mitnehmen und dir alles zeigen.«

Ihre Freundlichkeit tat mir gut, und ich freute mich so über ihr Angebot, dass ich nicht weiter auf das Essen achtete. Ähnlich wie bei den Mahlzeiten auf dem Schiff und im Zug gab es bei Mrs. Hartes Abendessen sehr viel Fleisch. Das einzige Gemüse war ein gelbliches Häufchen. Ich stocherte darin herum.

»Das ist Sahnespinat«, erklärte mir Sibyl.

Dieses Gemüse glich keinem Gemüse, das ich jemals gegessen hatte, und ich nahm mir vor, »Spinat« in meinem Wörterbuch nachzuschlagen.

An diesem Abend erwartete ich, dass mich das Heimweh wach halten würde, aber ich schlief ziemlich schnell ein. Doch als ich am nächsten Morgen aufwachte und mein trostloses kleines Zimmer sah, überschwemmte mich von neuem eine Welle tiefer Einsamkeit. Als es dann nach und nach in den anderen Zimmern lebendig wurde und ich die verschiedenen Geräusche hörte, zwang ich mich, aufzustehen und mich anzuziehen.

Selbstmitleid war einfach nicht angebracht. Hier in Amerika zu sein war ein großes Abenteuer, rief ich mir ins Gedächtnis. Außerdem hatte ich viel zu viel zu tun.

Zuallererst musste ich Mrs. Harte fragen, wo es eine Wäscherei gab, denn langsam gingen mir die saubere Unterwäsche und die Blusen aus. Im Zug war ich dem Beispiel von Mrs. Pettigrew gefolgt und hatte mit der Hand ein paar Sachen ausgewaschen. Doch nun musste meine Kleidung wieder gründlich gewaschen werden.

»Ich lasse meine Wäsche jeden Montag in eine Wäscherei bringen«, sagte Mrs. Harte. »Einige meiner Mieter geben ihre Sachen mit. Das können Sie auch tun, wenn Sie wollen.«

Heute war Mittwoch. Bis zum nächsten Montag waren es noch fünf Tage. »Oh, ich brauche aber gleich frische Wäsche«, sagte ich.

»Wieso wollen Sie Ihre Sachen eigentlich in eine Wäscherei geben?«, fragte Mrs. Harte. »Ich dachte, alle Chinesen wären Experten im Waschen.«

»Was meinen Sie damit?«, fragte ich verwirrt.

Mrs. Harte sah mich ein bisschen verlegen an. »Also – weil – weil alle Wäschereien in der Stadt von Chinesen betrieben werden.«

Diese Information nahm ich mit gemischten Gefühlen auf. Es schien so, als gebe es noch andere Chinesen in der Stadt und ich war nicht völlig von allen Menschen meiner Heimat abgeschnitten. Aber weshalb wurden alle Wäschereien von Chinesen betrieben?

Mrs. Harte bemühte sich, mir den Weg zur nächsten chinesischen Wäscherei zu beschreiben, aber da ich die Stadt überhaupt nicht kannte, beschloss ich, den Gang auf später zu verschieben. Seufzend wusch ich wieder ein paar Sachen von Hand aus.

Nach dem Frühstück versuchte ich ein paar Bleistifte, Hefte und andere Dinge zu kaufen, die ich für das Studium brauchen würde. Mit Geld umzugehen, war so eine Sache, die ich erst noch lernen musste. In China hatte ich kein Geld ausgegeben, weil ich nie einkaufen ging. Alle meine Kleider und auch meine Schuhe waren speziell für mich angefertigt worden, und alles, was ich sonst brauchte, hatten meine Eltern gekauft.

Während der Zugfahrt hatte mir Mrs. Pettigrew die verschiedenen amerikanischen Scheine und Münzen gezeigt und mir erklärt, was ich dafür kaufen konnte. Gelegentlich, wenn wir einen etwas längeren Aufenthalt hatten, ging ich auf die Plattform des Waggons und übte einkaufen und bezahlen. Natürlich hatte ich keine Ahnung, was ich kaufen sollte, und nahm einfach irgendetwas von dem, was angeboten wurde und interessant aussah. Normalerweise waren das Zeitungen, Zeitschriften und Süßigkeiten.

Hier in Ithaca musste ich nun lernen, allein zurechtzukommen. Wieder half Sibyl. Sie erzählte von einem Laden auf dem Universitätsgelände, in dem viele Studenten einkauften. Zusammen machten wir uns auf den Weg zur Universität.

»Gehen wir zu Fuß?«, fragte ich unten an einer Straße, die fast senkrecht nach oben zu führen schien.

Sibyl blickte mich überrascht an. »Wie denn sonst?«

»Also ...« Ich zögerte. »Ihr habt wohl keine Rikschas in Amerika, oder?«

Ich musste Sibyl erst einmal erklären, was eine Rikscha war. Und für einen Moment kam mir Baoshu in den Sinn, wie er sich als Rikschafahrer verkleidet hatte.

Sibyl sagte, wie grausam sie es fände, einen anderen Menschen einen zweirädrigen Karren ziehen zu lassen. »Und im Übrigen kämen sie diesen Berg nie hinauf!«

Da musste ich ihr zustimmen. Ich war schon jetzt ziemlich außer Atem und wir hatten den Aufstieg gerade erst begonnen. »Wie bewegen sich die Leute denn in einer amerikanischen Stadt? Lauft ihr immer?«

»Ein paar Leute haben Automobile«, sagte Sibyl und sah mich von der Seite an. »Du weißt doch, was ein Automobil ist, oder?«

»Natürlich weiß ich das«, sagte ich. Vater hatte darüber gesprochen, nur hatte er sie Motorfahrzeuge genannt.

»Hier in Ithaca gibt es ein paar Automobile«, sagte Sibyl. »Aber sie sind so teuer, dass nur wenige Leute sich eines leisten können. Andere Leute haben ein Fahrrad.

Aber damit einen Berg wie den hier hochzufahren ist ziemlich anstrengend.«

Was Fahrräder waren, wusste ich. Ich hatte in der MacIntosh-Schule Bilder davon gesehen. »Also gehst du hier in Ithaca immer zu Fuß?«, fragte ich.

»Nein, es gibt auch einen Omnibus in die Innenstadt«, sagte Sibyl. »Du kannst auch einfach ›Bus‹ dazu sagen. Sie sind wie große Automobile, die jeder benutzen kann.«

»Du meinst, wie einen Zug?«, fragte ich.

»Nein, Züge fahren auf Schienen, Busse aber auf normalen Straßen«, sagte Sibyl. »Straßenbahnen sind eher wie Züge und fahren auch auf Gleisen.«

Von all den Bussen, Zügen und Straßenbahnen war ich ziemlich verwirrt. Außerdem blieb mir langsam die Luft weg. Sibyl schien ziemlich fit zu sein und lief den Berg offenbar mühelos hinauf. Ich überlegte, wie alt sie sein mochte. Als ich sie dann nach ihrem Alter fragte, schien sie beleidigt. »Das geht dich nichts an«, sagte sie kurz.

Ich war wie vor den Kopf gestoßen. In China fragten sich die Leute ständig nach dem Alter, doch die Gebräuche in Amerika waren oft so ganz anders, was ich schon während der Reise mit den Pettigrews gemerkt hatte. »Es … es tut mir Leid«, stammelte ich. »Ist es in Amerika unhöflich, Leute nach ihrem Alter zu fragen?«

Sibyls Gesichtsausdruck wurde wieder ein bisschen weicher. »Ja, es ist unhöflich. Du solltest nie jemanden nach seinem Alter fragen, eigentlich nur Kinder.« Und nach einem kurzen Moment sagte sie noch: »Okay, ich hab eigentlich nichts dagegen, es dir zu sagen. Ich bin achtundzwanzig Jahre alt und noch immer unverheiratet. Das bedeutet, dass ich wahrscheinlich eine alte Jungfer werde.«

Es war nicht schwer, zu erraten, was eine alte Jungfer war. »Ich werde auch eine alte Jungfer«, sagte ich eifrig. »Ich studiere, um Ärztin zu werden, damit ich mich selbst ernähren kann und nicht irgendjemand heiraten muss.« Einen Augenblick dachte ich wieder an Baoshu, aber entschieden schob ich diesen Gedanken beiseite.

Sibyl lächelte mich an. »Hoch leben die alten Jungfern! Wir brauchen keine Ehemänner, stimmt's?«

Sibyl strahlte eine solche Kraft und Unabhängigkeit aus, dass es mir ganz leicht ums Herz wurde. Wenn es in Amerika viele solcher Frauen gab wie sie, die überallhin zu Fuß gingen und von niemandem abhängig waren, war das vielleicht auch ein gutes Land für mich.

Schließlich kamen wir auf dem Universitätsgelände an – und keinen Augenblick zu früh. Noch nie in meinem Leben war ich einen so steilen Weg hochgegangen und meine Beine fühlten sich an wie zu weich gekochte Nudeln.

»Wie viel höher als die Stadt liegt die Universität?«, fragte ich.

»Rund hundertdreißig Meter«, sagte sie grinsend. »Schrecklich, was? Studenten, die wie du unten in der Stadt wohnen, beschweren sich bitter darüber, vor allem dann, wenn sie zum Mittagessen nach Hause gehen wollen. Aber du wirst staunen, wie viel leichter es wird, wenn du dich erst daran gewöhnt hast.«

»Wenn ich so lange lebe«, japste ich.

Sibyl sah, wie erschöpft ich war, und führte mich daher nicht so weit herum. Sie zeigte mir das Verwaltungsgebäude, wo ich am nächsten Montag, wenn das Semester offiziell begann, zuerst hingehen müsse. Sie zeigte mir auch das Haus der Weisen, ein Wohnheim für Studentinnen. Sollte ich später eine reguläre Studentin werden, hätte ich die Möglichkeit, dort zu wohnen.

Dann gingen wir zu dem kleinen Laden für Studenten. Dort konnte ich einige Sachen kaufen wie Seife, Taschentücher und einen Stadtplan. Als ich mein Bündel Geld aus der Tasche zog, bekam Sibyl große Augen.

»Trag doch nicht so viel Geld mit dir herum«, flüsterte sie mir zu, als wir den Laden verließen. »Schließ es besser in deinem Zimmer ein.«

Für einen Augenblick hatte ich die Ganoven in der Schanghaier Gasse wieder vor Augen. »Meinst du, es gibt hier in Ithaca Räuber, die Leute überfallen?«

»Nein, nein«, sagte sie schnell. »Aber Taschendiebe.«

»Taschen Diebe?«, fragte ich. Ich verstand nicht, was sie meinte.

»Jemand könnte dir etwas aus der Tasche stehlen«, erklärte Sibyl geduldig – sehr geduldig und verdrehte die Augen. Ich kannte diesen Ausdruck. Bei Mutter und Zweitem Bruder. Es war Zeit, das Thema zu wechseln.

Nach dem Einkauf war ich mehr als fällig für eine Pause und einen Imbiss. Sibyl musste zur Arbeit und so machte ich mich allein auf den Weg zurück zu Mrs. Hartes Haus. Das war ein abenteuerlicher Vormittag gewesen. Zum ersten Mal in meinem Leben war ich in einem Geschäft zum Einkaufen gewesen und ich konnte ganz allein durch eine fremde Stadt gehen. Vielleicht war das nicht ganz so heldenhaft, wie sich Baoshu und seinen Gefährten anzuschließen, aber trotzdem war ich stolz auf mich.

Durch die Bewegung hatte ich Appetit bekommen und so machte ich mich über Mrs. Hartes deftiges Mittagessen her. Es gab Makkaroni mit Käse. Käse war eigentlich etwas, das ich sonst auf dem Schiff oder im Zug immer vermieden hatte. Wie die meisten Chinesen machte ich mir nicht viel aus Milch. Und Käse, hergestellt aus *vergorener* Milch, klang noch viel schlimmer. Das, was Mrs. Harte auf den Tisch brachte, bestand aus einem großen Haufen klein gehackter Nudeln, die offenbar in einer klebrigen, gelblichen Soße gekocht worden waren. Erst hinterher hatte ich herausgefunden, dass diese Soße aus Käse gemacht worden war. So schlimm war es gar nicht.

Ganz benommen von Müdigkeit und dem schweren Essen legte ich mich auf mein Bett und schlief ein. Eigentlich hatte ich nur ein kurzes Schläfchen halten wollen, doch als ich aufwachte und auf den Wecker neben meinem Bett blickte, war es fast schon vier Uhr.

Ich stand auf und war immer noch ein bisschen benebelt. Das Zimmer war warm und meine Kleider waren verschwitzt. Plötzlich hasste ich meine schwere westliche Kleidung und hatte Sehnsucht nach einer lockeren Tunika aus Seide. Meine Bluse war ganz verknittert, und der Wollrock müffelte ziemlich, nachdem ich ihn wochenlang ununterbrochen getragen hatte. Ich beschloss, die Wäscherei zu suchen, die Mrs. Harte heute früh erwähnt hatte.

Sie zeigte mir auf dem Stadtplan, wo die Wäscherei lag, und ich zog mit meinem Bündel schmutziger Kleider los. Ich musste bergab gehen, und mein Mut sank bei der Vorstellung, nachher wieder bergauf laufen zu müssen.

Zum Glück war die Wäscherei nicht weit entfernt. Verglichen mit Nanking und Schanghai, den beiden einzigen Städten, die ich wirklich kannte, war Ithaca klein und nicht so weitläufig. Ich verlief mich nur zweimal, bevor ich die Wäscherei gefunden hatte. Mehrere Male, als ich stehen blieb, um auf dem Stadtplan nachzusehen, fragten mich Passanten, ob ich Hilfe bräuchte. Ich war es nicht gewohnt, von Fremden angesprochen zu werden – meine Erfahrungen in der Gasse von Schanghai waren dabei nicht gerade hilfreich gewesen –, und so schüttelte ich einfach den Kopf und wich ängstlich zurück. Erst einige Wochen später begriff ich, dass Freundlichkeit gegenüber Fremden ein amerikanischer Wesenszug ist.

Schließlich fand ich die Wäscherei. Woran ich sie erkannte, war nicht das Schild auf Englisch, sondern die beiden großen chinesischen Schriftzeichen, die »blütenreicher Fluss« bedeuteten. Mein Blick heftete sich so begierig darauf wie der Blick eines verhungernden Menschen auf eine Schüssel mit dampfendem Reis. Ich hatte keine chinesischen Schriftzeichen mehr gesehen, seit ich in Seattle von Bord gegangen war, und das schien mir Jahre her zu sein.

Ich holte tief Luft und betrat die Wäscherei. Sie roch angenehm nach Seife. Ein kleiner Chinese kam auf mich zu. Erst später merkte ich, dass er gar nicht so klein war, sondern sogar ein bisschen größer als ich. Nach so vielen Tagen, in denen ich immer nur stämmige Amerikaner gesehen hatte, wirkte er auf mich jedoch klein.

Ich legte mein Bündel mit Kleidern auf die Theke und fragte, ob er die für mich waschen könne. Er starrte mich nur schweigend an. Weil ich dachte, er wäre schwerhörig, wiederholte ich meine Frage langsam und deutlich. Schließlich sagte er etwas und ich verstand kein einziges Wort.

Jetzt erst wurde mir klar, dass ich Mandarin gesprochen und er auf Kantonesisch geantwortet hatte. Zwei für uns beide unverständliche Dialekte. Ich versuchte es wieder, diesmal auf Englisch. »Können Sie diese Kleider für mich waschen?«

Nun lächelte er. »Ja. Brauchen Sie sie bald?«

Ich nickte nachdrücklich und war ziemlich erleichtert, dass ich mich doch mit ihm verständigen konnte. »Ist es möglich, dass ich sie noch in dieser Woche wiederbekomme?«

»Ja«, sagte er. Dann sah er mich neugierig an. »Sind Sie gerade erst nach Ithaca gekommen?«

»Ja, vor zwei Tagen«, sagte ich und empfand es wie zwei Monate. Spontan wollte ich ihn fragen, ob ich nicht bei seiner Familie ein Zimmer mieten könne. Dann wäre ich schon halbwegs wieder zurück in China. Aber ich wusste, das war eine lächerliche Idee. Die Wäscherei sah sehr klein aus und der dazugehörige Wohnraum dürfte sehr beengt sein.

Dann kam mir eine andere Idee. Ich hatte plötzlich Heißhunger auf chinesisches Essen. Nach einem Monat Fleisch und Kartoffeln – mit Ausnahme der heutigen Makkaroni mit Käse – empfand ich ein übermächtiges Verlangen nach Reis und knackigem, grünem Gemüse. Ich wollte eine Unterbrechung von Rindfleisch und breiigem, gelblichem, undefinierbarem Gemüse.

»Gibt es hier in der Nähe ein Restaurant mit chinesischem Essen?«, fragte ich.

Der Mann nickte. »Ja, zwei Blocks die Straße runter auf der rechten Seite.«

Obwohl es erst fünf Uhr war, eilte ich zu dem Restaurant. Ich kam mir sehr mutig vor. Als ich damals mit Ältestem Bruder im Hotel gegessen hatte, war es ein richtiges Abenteuer für mich gewesen. Und hier hatte ich nun sogar vor, in einem fremden, ausländischen Restaurant ganz alleine zu essen. Aber mein verzweifeltes Verlangen nach chinesischem Essen trieb mich voran.

Wieder waren es die chinesischen Schriftzeichen über

dem Vordereingang, die meinen Blick auf sich zogen. *Tao Yuan*, stand da, »Pfirsichgarten«. Ich holte tief Luft, machte die Tür auf und ging hinein. Es gab eine Anzahl kleinerer Tische, aber keine Gäste. Ich war wohl die Erste.

Ein Chinese erschien, und diesmal machte ich nicht den Fehler, Mandarin zu sprechen. »Kann ich hier zu Abend essen?«, fragte ich auf Englisch und versuchte, gelassen zu wirken, als wäre ich es gewöhnt, alleine im Restaurant zu essen.

Er zögerte einen Moment, schien aber nicht irgendwie schockiert zu sein.

»Ja, natürlich«, sagte er und führte mich zu einem kleinen Tisch, zog einen Stuhl für mich heran und gab mir die Speisekarte.

Ich studierte die Liste der Gerichte – sie waren alle auf Englisch geschrieben –, aber unter keinem konnte ich mir etwas vorstellen. Schließlich entschied ich mich für Chop Suey, ein Gericht, von dem ich noch nie gehört hatte, und für süßsaures Schweinefleisch. Was Schweinefleisch war, wusste ich zumindest, auch wenn mir nicht einfiel, ob ich es zu Hause jemals süßsauer gegessen hatte. Außerdem bestellte ich gedämpften Reis, etwas, das ich immerhin kannte.

Während mein Essen angerichtet wurde, kamen einige andere Gäste herein, alles Amerikaner. Sie schienen zu wissen, was sie wollten, und ich war erleichtert zu hören, dass bei ihrer Bestellung auch Chop Suey und süßsaures Schweinefleisch dabei waren.

Als mein Essen kam, staunte ich nicht schlecht. Alles war auf einem großen Teller angerichtet und statt Stäbchen bekam ich Messer und Gabel als Besteck. Den Reis erkannte ich. Neben ihm lagen fein geschnittener Kohl, Sojakeime und Fleischstückchen, alles schwamm in einer braunen Soße. Als Drittes gab es noch Fleischwürfel in einer orangefarbenen Soße. Das Gemüse war knackig und passte gut zum Reis. Aber das Beste am Essen war die Sojasoße! Mir war gar nicht mehr bewusst gewesen, wie sehr mir dieser spezielle Geschmack gefehlt hatte, bis ich ihn jetzt endlich wieder auf der Zunge spürte.

Als der Kellner kam, um abzuräumen, fragte ich ihn, ob das jetzt kantonesisches Essen gewesen wäre.

Er machte ein bedauerndes Gesicht und sagte: »Nicht so richtig. Ich denke, man kann es chinesisch-amerikanisch nennen.«

Schon fast auf dem Weg zur Küche drehte er sich noch einmal zu mir um und flüsterte: »Verstehen Sie, um im Geschäft zu bleiben, muss ich meinen amerikanischen Gästen anbieten, was sie erwarten. Das nächste Mal kann ich Ihnen richtiges chinesisches Essen zubereiten, wenn Sie wollen.«

Ich war gerührt und flüsterte meinen Dank.

Doch ich hatte mich getäuscht, als ich dachte, alle Gäste wären Amerikaner. Als ich aufstand und gerade gehen wollte, kamen drei junge Chinesen herein, zwei Jungen und ein Mädchen. Was mich auf sie aufmerksam machte, war, dass sie Mandarin sprachen.

Einer der Jungen sagte gerade: »Ich weiß nicht, warum wir hierher gekommen sind. Wir können es uns nicht leisten, so oft auswärts zu essen. Und eigentlich würde ich mein Geld lieber für ein besseres Restaurant sparen, entweder in Syracuse oder in Rochester.«

»Ich habe das Essen in unserer Pension satt«, sagte der andere Junge. »Heute Abend gibt es schon wieder Cornedbeef und Kohl.« Er wandte sich an das Mädchen. »Warum kochst du nicht mal wieder für uns? Dein letzter Versuch war gar nicht so schlecht.«

Das Mädchen verzog den Mund. »Warum soll ich die ganze Arbeit tun? Warum machst du nicht...« Sie unterbrach sich, als sie mich sah.

Die Jungen folgten ihrem Blick und nun wurde ich von drei Paar Augen gemustert. Gleichzeitig nervös und aufgeregt, lächelte ich sie zögernd an. Sie starrten mich einfach nur mit offenem Mund an. Schließlich ging ich unsicher zur Tür und verließ das Restaurant.

Es gab hier also chinesische Studenten und wahrscheinlich würde ich ihnen an der Universität irgendwann wieder begegnen! Plötzlich fühlte ich mich viel weniger einsam.

Seit meiner Ankunft in Ithaca war ich sogar zum Briefeschreiben viel zu niedergeschlagen gewesen. Aber als ich nun in mein Zimmer in Mrs. Hartes Haus zurückkehrte, nahm ich endlich meinen Stift und zog den Schreibblock heraus.

Liebe Ailin,
jetzt bin ich also in Ithaca, New York, der kleinen Stadt, in der ich die nächsten vier Jahre leben werde. Die Straßen sind sehr, sehr steil und ich habe an einem Tag mehr trainiert als in den vier Jahren Sportunterricht an der MacIntosh-Schule.
Zuerst hatte ich gedacht, ich wäre die einzige Chinesin in der Stadt, aber dann habe ich eine chinesische Wäscherei gefunden und sogar ein chinesisches Restaurant. Ich habe chinesisches Essen so sehr vermisst, dass ich ganz alleine hingegangen bin und ein Essen bestellt habe! Sie haben mir einige Stücke Schweinefleisch in einer hellorangenen Soße serviert, die beides war, sauer und zugleich sehr, sehr süß. Bietest du so etwas in deinem Restaurant auch an? Was ist mit dem Gericht, das Chop Suey heißt? »Suey« kommt wohl von dem Wort, das »kleine Stücke« bedeutet, und »Chop« ist wohl das englische Wort für »in kleine Stücke schneiden«. Du musst mir ein paar Sachen über die chinesisch-amerikanische Küche beibringen!
Ich hoffe immer noch, dass wir bald die Möglichkeit haben, uns zu treffen.
Yanyan

果 *Siebtes Kapitel* 候

Bevor der Unterricht an der Universität begann, brachte mich Mr. Pettigrew zu einem Studienberater, der mich bei der Auswahl der Kurse, die ich belegen musste, beraten sollte.

»Da ich Ärztin werden will, sollte ich mich wohl am besten im naturwissenschaftlichen Zweig einschreiben«, erklärte ich dem Berater. »Ich möchte Physik, Chemie, Biologie und Mathematik nehmen.«

Der Studienberater runzelte die Stirn. Er war ein schrecklich dünner Mann mit tief zerfurchtem Gesicht. Vielleicht runzelte er auch gar nicht die Stirn, sondern die Falte zwischen seinen Augenbrauen war immer da. Jedenfalls war mir klar, dass er von meiner Wahl alles andere als begeistert war. »Studentinnen wählen gewöhnlich Hauswirtschaftslehre, wenn sie hier auf der Universität beginnen.«

Ich wusste nicht, was Hauswirtschaft war, und Mr. Pettigrew musste es mir erklären. »In den Hauswirtschaftskursen lernst du, wie du am wirtschaftlichsten kochst, nähst und das Haus sauber hältst. Außerdem bekommst du wichtige Informationen über Ernährung und darüber, wie du die Gesundheit deiner Familie förderst.«

»Die Gesundheit meiner Familie ist wichtig und deshalb möchte ich Medizin studieren«, sagte ich. »Aber Kochen, Nähen und Putzen brauche ich nicht zu lernen. Für das Kochen haben wir den Koch, Schneiderinnen für das Nähen und die Mädchen putzen.«

Diesmal war kein Zweifel daran möglich, dass der Studienberater die Stirn runzelte. Das führte zu einer tiefen Kerbe zwischen den Augenbrauen – wie ein Messerschnitt. »Hier in Cornell unterweisen wir die jungen Damen in allen weiblichen Fertigkeiten mit dem Ziel, sie zu gebührend guten Hausfrauen und Müttern zu machen.«

»Aber ich habe nicht vor –«, fing ich an.

Doch Mr. Pettigrew unterbrach mich und sagte auf Chinesisch: »Ich halte es für besser, dass du tust, was er sagt, Sheila. Wenn du als reguläre Studentin zugelassen werden willst, dann solltest du dich einverstanden erklären, die Kurse zu belegen, die reguläre Studenten belegen.«

»Wollen Sie damit sagen, dass alle Studenten hier Kochen lernen und Nähen und Hausputz?«, fragte ich.

Mr. Pettigrew lachte. »Nein, nur die Studentinnen. Weißt du, in Amerika haben nur sehr wenige Familien Dienstboten. Hier sind die Frauen unabhängiger und übernehmen die meisten häuslichen Aufgaben selbst.«

Die Erwähnung unabhängiger Frauen ließ mich an Sibyl denken. Sie wartete nicht auf eine Rikscha, sondern ging zu Fuß und stieg den steilen Berg zur Universität hinauf.

Ich beschloss, mich für Hauswirtschaftslehre einzuschreiben. Um als reguläre Studentin angenommen zu werden, sollte ich besser das tun, was sie von mir erwarteten. Einen Augenblick dachte ich an den Koch in dem chinesischen Restaurant. Er bereitete Chop Suey und süßsaures Schweinefleisch zu, weil seine Gäste das von ihm erwarteten. Vielleicht hatte er auch einen Hauswirtschaftskurs besucht.

Kochen zu lernen könnte vielleicht auch nützlich sein und Spaß machen. Ich musste an den Brief denken, den ich gerade von Ailin erhalten hatte.

Liebe Yanyan,
weißt du was? Ich mache mehr in unserem Restaurant als nur Geschirrspülen. Gestern Abend habe ich sogar ein bisschen gekocht! Und unseren Gästen hat mein Essen geschmeckt, besonders mein geschnetzeltes Schweinefleisch und die Pilze. Ich hoffe sehr, dass du uns einmal besuchen kommst und mein Essen probierst.

Ailin

Nachdem ich meinem Studienberater gesagt hatte, dass ich den Kurs in Hauswirtschaftslehre belegen würde, meinte er, ich solle auch einen Englischkurs besuchen. »Und über den Kurs in Physik sollten Sie lieber noch einmal nachdenken«, fügte er hinzu. »Er wird normalerweise von Studenten im zweiten Jahr belegt. Das wird sonst zu schwer für Sie.«

Diese Äußerung ließ mich sofort beschließen, den Kurs in jedem Fall zu belegen. »Ich bin darauf eingestellt, sehr hart für den Physikkurs zu arbeiten«, sagte ich entschieden.

»Naturwissenschaften wie Physik passen eigentlich nicht zur weiblichen Mentalität«, sagte der Berater. Die Furche zwischen seinen Augenbrauen wurde wieder tiefer und dunkler. »Sie würden gut daran tun, eine Fremdsprache zu wählen. Französisch zum Beispiel verleiht der Ausbildung einer jungen Dame den letzten Schliff.«

»Ich brauche keinen letzten Schliff«, sagte ich. Vater hatte jedenfalls gesagt, es wäre hoffnungslos, aus mir eine feine junge Dame machen zu wollen.

Trotz der offensichtlichen Missbilligung des Studienberaters wählte ich den Kurs in Physik und außerdem einen Anfängerkurs in Mathematik. (»Ebenso wenig geeignet für die Mentalität einer Frau«, glaubte ich ihn murmeln zu hören.) Aber ich schloss einen Kompromiss, indem ich seinen Vorschlag, den Englischkurs zu belegen, akzeptierte. Ich konnte zwar schon Englisch, aber es gab noch viel zu verbessern.

Von der ständigen Kletterei hinauf zur Universität nahm ich ab und der Bund meiner Röcke saß immer lockerer. Von Kindheit an war ich stets ein bisschen pummelig gewesen. Vielleicht hatten deshalb die Leute immer an Essen gedacht, wenn sie mich sahen? Doch wenn ich mich jetzt im Spiegel betrachtete, sah ich, dass sogar meine Wangen nicht mehr so rundlich waren wie früher. Mutter wäre bei meinem Anblick schockiert gewesen und hätte darauf bestanden, mich mit Süßigkeiten voll zu stopfen. Ich fragte mich, was Baoshu zu meinem heutigen Gesicht sagen würde.

Als dann der Unterricht begann, war ich stolz, den Weg zum Universitätsgelände nur noch mit leichtem Keuchen zu bewältigen. Am ersten Tag befand ich mich plötzlich in einer drängelnden Masse von Studenten, die alle zu ihren Unterrichtsräumen strebten. Auf die MacIntosh-Schule in Nanking gingen etwa zweihundert Schülerinnen, mehr als zehnmal so viele Studenten besuchten die Cornell Universität. Das Gelände war sehr weitläufig, und manchmal waren die Entfernungen zwischen den einzelnen Unterrichtsräumen so groß, dass ich mich ungeheuer beeilen musste, rechtzeitig den nächsten Kurs zu erreichen. Wenn sich gleichzeitig auch tausend andere Studenten beeilten, musste man aufpassen, Zusammenstöße zu vermeiden. Und da die meisten Studenten viel größer waren als ich, lief ich ständig Gefahr, umgestoßen zu werden. Das war schlimmer, als gegen eine kräftige Strömung anzuschwimmen.

Es zeigte sich, dass das Studium sehr anstrengend war, viel anstrengender, als ich erwartet hatte. Da mir der Unterricht an der MacIntosh-Schule leicht gefallen war, hatte ich gedacht, auch hier würde es leicht für mich sein.

Mein Hauswirtschaftskurs wurde zu einer regelrechten

Herausforderung. Es war nicht schwer, den Vorlesungen zu folgen. Meistens ging es um den Nährwert von Rind, Hammel, Molkereiprodukten und Ähnlichem. Zu Hause aßen wir nie Rindfleisch, weil es als minderwertiges Fleisch galt, und Hammel wurde nur von den Leuten aus dem Norden gegessen, die sich nicht an dem Geruch störten. Doch die Vorlesung über Hygiene fand ich sehr interessant. Auch die Ausführungen über Bakterien faszinierten mich, weil ich mich daran erinnerte, wie ich sie unter Vaters Mikroskop beobachtet hatte. Anscheinend ließen einige der Bakterien Wunden eitern, während andere Nahrung und Wasser vergifteten.

Doch schwierig wurde es für mich, als wir selbst kochen sollten. Die Lehrerin führte uns zu einem großen schwarzen Kasten aus Eisen mit runden Löchern auf der Oberfläche. Der Kasten war so heiß, dass ich die Wärme aus einem Meter Entfernung spüren konnte.

»Ist das ein Herd?«, fragte ich die Studentin neben mir flüsternd.

Sie starrte mich an. »Hast du noch nie einen Herd gesehen?«

Ich schüttelte den Kopf und sie lachte. Sie lachte noch mehr, als ich Eier in einer Schüssel schaumig schlagen sollte. Ich wollte zeigen, dass ich bereit war, mir Mühe zu geben, und schlug so fest auf die Eier ein, dass das meiste davon auf den Boden spritzte.

Dann sollten wir kleine rote Radieschen in Blütenform schneiden. »Wozu soll das gut sein?«, fragte ich. »Sobald man sie in den Mund steckt und kaut, ist die ganze schwere Arbeit umsonst.«

»Die Kunst, Radieschen in Formen zu schneiden, ist wichtig«, beharrte unsere Lehrerin. »Blumen aus Radieschen verleihen Ihrer Tafel einen zusätzlichen Hauch von Kultiviertheit.«

Ich war der Meinung, dass ausschließlich echtes chinesisches Essen dem Esstisch meiner Vermieterin einen Hauch von Freundlichkeit verleihen könnte, aber ich tat gehorsam, was die Lehrerin von mir forderte. Ich wollte lernen, mit einem Küchenmesser umzugehen. Das einzige Mal, dass ich ein Messer in der Hand gehalten hatte, war, als ich eine Kugel herausgeschnitten hatte. Durch reine Willenskraft schaffte ich es, mich zu verbessern, und meine Studienkolleginnen gratulierten mir, als ich schließlich aus einem Radieschen etwas zustande brachte, das einer Rose ähnelte.

Ich war so stolz, dass ich noch am selben Abend Ailin über meinen Erfolg berichten musste. Bisher hätte ich ihr nur schreiben können, wie schwer mir das Studium fiel. Doch ich wollte Ailin von meinen Erfolgen erzählen, nicht von meinem Versagen. Durch den Hauswirtschaftskurs hatte ich nun endlich die Gelegenheit, über einen Fortschritt zu berichten.

Liebe Ailin,

ja, ich bin ganz wild darauf, nach San Francisco zu kommen und das von dir gekochte Essen zu probieren. Aber

vielleicht kannst du auch eines Tages etwas von MIR Gekochtes essen. Ich habe einen Kurs belegt, der Hauswirtschaftslehre heißt, und durch den soll ich besser in Kochen, Nähen und anderen Fertigkeiten werden, die für eine amerikanische Hausfrau notwendig sind. Nicht lachen! Ich lerne gerade, ein Radieschen in Rosenform zu schnitzen. Tust du so etwas auch in deinem Restaurant?
Du hast mir nie geschrieben, wie schwer du in deinem Restaurant arbeiten musst, nur dass das Geschäft besser läuft. Aber jetzt, da ich selbst ein bisschen Küchenarbeit gemacht habe, bekomme ich langsam eine Vorstellung davon, was du jeden Tag leistest.

Yanyan

Wenn Kochen für mich schon schwierig war, Nähen war noch schlimmer. Als ich der Lehrerin das erste Mal ein Taschentuch gab, das ich ziemlich schlampig gesäumt hatte, schaute sie nur ungläubig darauf.

»Ich dachte, chinesische Mädchen wären Spezialistinnen im Nähen! Chinesische Stickereien sind exquisit, einfach exquisit!«

Es dauerte eine Weile, sie davon zu überzeugen, dass nicht alle Chinesinnen in der Lage waren, exquisit zu sticken, und dass ich schon Probleme hatte, den Faden einzufädeln.

Vom Englischunterricht hatte ich mir erhofft, meine Aussprache verbessern zu können. Stattdessen war alles darauf ausgerichtet, große Werke der englischen Literatur zu lesen. Wir fingen mit *Beowulf* an, der vor mehr als tausend Jahren geschrieben worden war. Als ich mir die erste Seite des Buches ansah, dachte ich, ich hätte aus Versehen ein deutsches Buch erwischt. Als der Lehrer einen Abschnitt daraus vorlas, klang es, als wäre es eine fremde Sprache, und das half bestimmt nicht, meine englische Aussprache zu verbessern. Die Sprache, in der *Beowulf* geschrieben ist, unterscheidet sich vom modernen Englisch wie das klassische vom heutigen Chinesisch. Immerhin hatte ich zu Hause in unserer Familienschule etwas klassisches Chinesisch gelernt. Wenn ich das geschafft hatte, dachte ich entschlossen, dann könnte ich auch die Sprache des *Beowulf* lernen.

Erschrocken war ich, als sich herausstellte, dass mir auch mein bestes Fach, Mathematik, schwer fiel. Ich war eines von nur drei Mädchen in dem Kurs und die beiden anderen waren gut, wirklich sehr gut. Bald saßen wir drei zusammen und halfen uns gegenseitig. Einige der Jungen aus dem Kurs nahmen jeden Fehler von uns zum Anlass, sich über uns lustig zu machen. Als ich das erste Mal eine falsche Antwort gab und die Jungen kichern hörte, dachte ich, es wäre wegen meines chinesischen Akzents. Dann hörte ich sogar noch lauteres Kichern und prustende Geräusche, wenn eines der anderen Mädchen eine falsche Antwort gab.

»Die mögen uns hier nicht«, erklärte mir eines der Mädchen. Sie hieß Maureen und hatte kurze rote Locken, an denen sie nervös herumzupfte, wenn sie angestrengt nachdachte. Bevor wir zu unserem nächsten Unterricht mussten, hatten wir ein wenig Zeit, uns zu unterhalten.

»Warum mögen dich die Jungs aus dem Mathematikkurs nicht?«, fragte ich. »Du bist genauso gut wie sie – manchmal sogar besser.«

»Genau das macht sie ja so wütend«, sagte Maureen bitter. »Die denken, Naturwissenschaften und Mathematik sind nur für Männer, und wir sind für sie Eindringlinge.«

»Mädchen sollten die Hauswirtschaftskurse belegen«, sagte das andere Mädchen, Ellen, mit absichtlich hoher, piepsiger und affektierter Stimme. »Junge Frauen sollten die weiblichen Fertigkeiten erlernen, damit sie sittsame Ehefrauen und Mütter werden.«

Ich musste lachen. Sie erinnerte mich an etwas: Zweiter Bruder hatte mich immer wieder belehrt, dass ich mich anständig benehmen solle, damit ich eine sittsame Frau und Mutter würde. »Also müssen die Frauen auch in diesem Land in ihrem angestammten Rahmen bleiben«, sagte ich. »Aber wenigstens müsst ihr amerikanischen Frauen nicht die Folter der eingebundenen Füße erleiden.«

Die beiden Mädchen wollten mehr darüber wissen, was es bedeutete, in China eine Frau zu sein.

»Stimmt es also, dass ihr solche Sachen wie Mathematik gar nicht verstehen sollt?«, fragte Maureen.

Ich dachte an Mutter und meine Kusinen. »Eigentlich sollen chinesische Frauen gut rechnen können. Sie müssen zum Beispiel das Geld der Familie verwalten.«

»Frauen verwalten das Geld?«, rief Ellen aus. »Also ist ihre Position gar nicht so niedrig.«

»Gerade weil ihre Position niedrig ist«, sagte ich, »verwalten sie das Geld. Es gilt als viel zu unwichtig, als dass ein Gelehrter oder ein feiner Herr sich damit abgibt.«

Beide waren erstaunt. »Geld soll unwichtig sein?«, rief Maureen. »Warte mal, bis ich das meinem Vater sage!«

»Manchmal wünsche ich mir, ich wäre auf ein College für Frauen gegangen«, sagte Ellen eines Tages, nachdem die Jungen in der Klasse besonders eklig gewesen waren und der Lehrer kaum etwas unternommen hatte, um sie zu bremsen. »Dann müsste ich nicht dauernd diesen ganzen Spott ertragen!«

»Mir tut es nicht Leid, dass ich auf die Cornell gegangen bin«, verkündete Maureen. »Es gehört Mut dazu, die sogenannten männlichen Wissenschaften zu studieren. Ich bin fest entschlossen zu beweisen, dass ich das kann!«

Maureen und Ellen waren meine ersten Freundinnen hier und ich fühlte mich etwas weniger einsam. Aber außerhalb der Unterrichtszeiten sah ich sie selten, weil sie in einem Studentenheim wohnten. Ich jedoch musste jeden Tag wieder hinunter zu Mrs. Hartes Haus.

In den anderen Kursen hatte ich keine Möglichkeit, Freunde zu finden. In Physik meinte ich, einen chinesischen Jungen zwischen den anderen Studenten gesehen zu haben, aber der Kurs war sehr groß und der Junge saß auf der anderen Seite des Hörsaals. Als es klingelte, stürmten alle nach draußen. Ich drückte mich an die Wand, um von den Studenten, die zur nächsten Unterrichtsstunde eilten, nicht umgerissen zu werden. Als ich mich dann nach dem chinesischen Jungen umsehen wollte, waren alle schon weg. Ich fand, dass er einem der beiden Jungen ähnlich sah, die ich damals in dem chinesischen Restaurant gesehen hatte.

Zu dem Kurs in Physik gehörte auch einmal in der Woche Unterricht im Labor. Doch verglichen mit Kochen und Nähen waren die Experimente im Labor verhältnismäßig einfach. Im Labor war ich das einzige Mädchen. Jedes Mal wenn ich einen Fehler machte, stieß der unterrichtende Assistent einen ungeduldigen Seufzer aus. Und jedes Mal wenn ich ihn etwas fragte, antwortete er nur kurz und barsch.

Zuerst dachte ich, er fühlte sich belästigt, weil meine »weibliche Mentalität« nicht zur Arbeit in einem Labor passte, doch dann entdeckte ich einen anderen Grund. An einem wunderschönen Herbsttag aßen viele der Studenten ihr Mittagessen auf einer Terrasse mit einem herrlichen Blick auf den Cayugasee. Auch ich ging mit meinem Tablett nach draußen und sah mich nach einem Platz um. Der Assistent saß mit einem Freund an einem Tisch. Er hatte mir den Rücken zugewandt, doch ich würde seine unangenehme, nasale Stimme überall erkennen.

»Dieses chinesische Mädchen ist nicht nur ungeschickt, sie hat auch einfach nicht die geeignete geistige Disziplin für ein Fach wie Physik«, sagte er.

Ich fühlte, wie mir die Hitze in den Kopf stieg, als mir klar wurde, dass er von mir sprach.

»Ja, du hast Recht«, sagte der andere. »Diese Asiaten haben Gehirne, die sich grundsätzlich von unseren unterscheiden. Sogar ihre Schädelform ist anders! Solange sich die Chinesen an so leichte, oberflächliche Dinge halten wie ihren Taoismus, kommen sie zurecht. Aber du kannst von ihnen nicht erwarten, dass sie eine schwierige Naturwissenschaft wie zum Beispiel die Physik bewältigen, die einen logisch denkenden Verstand verlangt.«

Tränen der Wut verschleierten meine Augen. Ich hatte das Bedürfnis, dem Assistenten kräftig in den Bauch zu treten. Dann kam mir plötzlich wieder die Szene in der Eisenbahn in den Sinn, wie Ältester Bruder und Baoshu darüber diskutiert hatten, dass die Form der Nase es den Fremden unmöglich machte, Chinesisch zu lernen, und dass die tief liegenden Augen verhinderten, Feinheiten in der Kunst wahrzunehmen – und das alles in Gegenwart von Mr. Pettigrew.

Der Physik-Assistent war also einfach dumm, nicht absichtlich bösartig. Na gut, wenn er dachte, ich wäre doppelt benachteiligt, weil ich eine Frau und eine Chinesin war, dann würde ich all meine Kraft zusammennehmen und den Physikkurs bestehen, allein um ihm zu zeigen, wie sehr er im Unrecht war!

Während dieser Anfangszeit in der Cornell arbeitete ich so hart, dass ich gar keine Zeit für Heimweh hatte. Jeden Abend fiel ich erschöpft vom vielen Lernen und Üben ins

Bett und schlief traumlos. Wenn ich aber Träume gehabt haben sollte, so vergaß ich sie, wenn ich hektisch aufstand, mein Frühstück verschlang und den Weg hinauf zur Universität eilte.

Sogar an den Wochenenden, wenn kein Unterricht war, musste ich von morgens bis abends lernen, nur um den Anschluss nicht zu verlieren. Von der Innenstadt von Ithaca sah ich nur wenig.

Einmal war ich in die Wäscherei gegangen, um meine Wäsche abzuholen. Während ich dastand und wartete, bis ich an der Reihe war, kam ein Mann herein. Als er mich sah, sagte er: »Sie haben für mein Hemd zu viel Stärkemittel genommen. Es ist steif wie ein Brett!«

Völlig verwirrt starrte ich ihn nur an.

»Versuchen Sie einfach, es beim nächsten Mal besser zu machen!«, blaffte er, als ich keine Antwort gab.

Schließlich begriff ich, dass er mich für eine Angestellte der Wäscherei hielt. »Ich arbeite nicht hier«, sagte ich zu ihm. »Ich studiere hier an der Universität.«

Jetzt war er an der Reihe, dumm zu gucken. »Also verdammt! Ich hab schon gehört, dass hier Schlitzis an der Uni sein sollen, hab's aber nie geglaubt, weil ich selbst noch keinen gesehen hab.«

Er gebrauchte Wörter, die ich nicht verstand, also hielt ich den Mund. Ich nahm mein Wäschepaket, und als ich zu Mrs. Hartes Haus zurückging, überlegte ich, was er alles gesagt hatte. Aus dem Zusammenhang schloss ich, dass Schlitzis seine Bezeichnung für Chinesen war. Sehr nett klang das nicht. Vielleicht erwartete er, dass alle Chinesen in einer Wäscherei arbeiteten und nicht an der Universität studierten. Andererseits hatte ich auch gedacht, dass alle Indianer Federn im Haar trügen und in Zelten lebten.

Wieder wurde mir klar gemacht, dass es die Menschen störte, wenn die Dinge anders waren, als sie erwarteten. Ein Chinese nannte seine Frau *neiren*, »Person des inneren Zimmers«, weil sie eingesperrt und außer Sicht bleiben sollte. Die Männer wurden zornig, wenn ihre Frauen herauskamen und ihre Meinung sagten. Auch die Ausländer erwarteten von den chinesischen Frauen, dass sie demütig und unterdrückt sein sollten. Mrs. Scott war wütend geworden, als ich im Geschichtsunterricht aufgestanden war und gesagt hatte, dass es in der chinesischen Geschichte auch sehr mächtige Frauen gegeben habe wie Dowager, die letzte Kaiserin der Qing-Dynastie.

Trotz der unangenehmen Erlebnisse wie dem auf der Terrasse war mein Leben keineswegs nur traurig. Sonntags ging ich zum Abendessen zu den Pettigrews. Es war wie nach Hause zu kommen – ein bisschen jedenfalls.

»Jetzt schau dir mal dieses arme Mädchen an!«, rief Mrs. Pettigrew bei einem meiner Besuche. »Sie ist ja fast nur noch Haut und Knochen! Ich muss sie richtig füttern und wieder aufpäppeln!«

Die beiden Söhne der Pettigrews, vierzehn und fünfzehn Jahre alt, behandelten mich wie eine jüngere Schwester, weil sie viel größer waren als ich. Allerdings gab es auch so viel, was ich nicht wusste und das sie mir beibringen mussten.

Über amerikanischen Sport redeten die Jungen besonders gerne. Auch auf der Cornell war Sport wichtig, weil man der Meinung war, er entwickele die »Männlichkeit« der Studenten in gleicher Weise wie Hauswirtschaft die »Weiblichkeit« der Studentinnen.

Die Jungen waren begeisterte Anhänger eines Spiels, das Football genannt wurde, und sie setzten alles daran, es mir zu erklären. Allerdings waren sie nicht sehr erfolgreich. Vor allem konnte ich nicht verstehen, warum es Football hieß, wo doch die Spieler ihre Füße kaum gebrauchten.

An einem Samstag luden mich die Pettigrews zu einem Footballspiel zwischen Cornell und Yale ein. Das laute Geschrei der Zuschauer überraschte mich völlig. Es klang, als würde eine Revolution ausbrechen, nur dass das, was ich von der Revolution in China mitbekommen hatte, nicht annähernd so laut war.

Außerdem machte das Spiel für mich keinen Sinn, denn alles, was ich sehen konnte, war ein großes Durcheinander, bei dem die Spieler aufeinander prallten. Den Ball zu besitzen war offensichtlich sehr wichtig, aber ich sah den Ball nie. Immerhin konnte ich erkennen, welche Spieler auf unserer Seite waren und welche zu der anderen gehörten: Die Cornell-Jungen trugen Rot und die von Yale blau.

Plötzlich gab es ein lautes Gebrüll und alle Zuschauer

um mich herum sprangen auf. Aus dem Geschrei schloss ich, dass irgendjemand etwas Besonderes vollbracht haben musste. Was es auch immer war, offenbar war es eine gute Sache.

Nachdem das Gebrüll abgeebbt war, pfiff jemand auf einer Pfeife und die Spieler gingen vom Spielfeld. Eine Gruppe von Musikanten mit unterschiedlichen Instrumenten marschierte nun über das Feld, was mich an ein altchinesisches Begräbnis erinnerte.

»Es ist Halbzeit«, sagte Mr. Pettigrew. Als ich das nicht verstand, erklärte er: »Das ist eine Art Pause. Meine Güte, ich muss mich von dieser ganzen Aufregung erst mal wieder erholen.«

Da ich mich nicht aufgeregt hatte, brauchte ich auch keine Pause, aber ich war froh, aufstehen und mich strecken zu können. Von dem langen Sitzen auf der harten Bank war ich ganz steif. Als ich aufstand, hörte ich hinter mir jemanden chinesisch sprechen, in Mandarin. Ich drehte mich schnell um und sah drei chinesische Studenten – dieselben drei, die ich schon einmal gesehen hatte.

Einer der Jungen fing meinen Blick auf. »Bist du Chinesin?«, fragte er. »Ich habe dich schon im ›Pfirsichgarten‹ gesehen.«

Ich konnte nicht anders, ich musste lächeln. »Ja, ich bin aus Nanking, und jetzt zum ersten Mal in Amerika.«

Er lächelte ebenfalls. »Ich glaube, du bist auch in meinem Physikkurs.«

Er war also der Student, den ich gesehen hatte! Ich

hatte nicht mitbekommen, dass er mich auch gesehen hatte.

»Ich heiße Zhang Xueyan«, sagte ich.

»Und ich Gao Lihong«, sagte er. »Aber bitte nenne mich L. H. Wir benutzen alle die Anfangsbuchstaben unserer Rufnamen, weil es einfacher ist und lockerer klingt.«

Seine Freunde hatten unser kurzes Gespräch mitbekommen und drehten sich zu mir um. »He, es scheint so, als wäre jemand Neues zu unserer Gruppe gestoßen!«, sagte der andere Junge. »Ich bin Y. C.«

Wie lange hatte ich Baoshu mit seinem vollen Namen Liang Baoshu angeredet, weil es gesellschaftlich undenkbar war, nur den Rufnamen zu benutzen. Die Idee mit den Anfangsbuchstaben gefiel mir. Das war zwanglos und gab einem das Gefühl zusammenzugehören, ohne dass man damit ausdrücklich mit einer chinesischen Höflichkeitsform brach.

Die chinesische Studentin sagte einfach nur: »Ich bin Celia.«

Aha. Offenbar gebrauchten die Mädchen ihre englischen Rufnamen und die Jungen ihre Anfangsbuchstaben. Das war auch ein Kompromiss, denn einen englischen Rufnamen zu gebrauchen war wohl weniger schockierend als einen chinesischen. Was mich störte, war, dass dadurch wieder zwischen Studentinnen und Studenten unterschieden wurde. Außerdem mochte ich meinen englischen Namen nicht, den ich auch nur bei Amerikanern benutzte. Ich fühlte mich einfach nicht wie eine Sheila.

Aber es ging nicht anders. »Ich bin Sheila Zhang«, murmelte ich.

Der Junge, der sich L. H. nannte, lächelte und sagte: »Hallo, Sheila, hoffentlich sehen wir dich öfter mal.«

Bevor er noch etwas sagen konnte, zog ihn Celia am Arm. »Wir müssen wieder zu unseren Plätzen, das Spiel geht gleich weiter.«

Ich war so glücklich, drei chinesische Studenten getroffen zu haben, dass ich noch weniger mitbekam, was auf dem Spielfeld während der zweiten Spielhälfte vor sich ging, als während der ersten Hälfte. Unsere Seite hatte wohl gewonnen, denn als wir am Schluss aufbrachen, strahlten die Leute und sagten: »Tolles Spiel, was?«, oder so ähnlich.

Unten auf dem Spielfeld rannten ein paar Zuschauer herum, schrien und tröteten auf kleinen Trompeten, die kreischende und blökende Geräusche von sich gaben. Die Augen der Pettigrew-Jungen waren überglücklich, und ihre Eltern hatten ziemliche Mühe, sie daran zu hindern, ebenfalls aufs Spielfeld zu rennen. Sogar Mr. Pettigrew, der seine Gefühle normalerweise nicht so zeigte, diskutierte mit einem Freund über die spannendsten Momente des Spiels und lobte die Fähigkeiten des berühmten Quarterfront – oder hieß es Quarterback?

»Dir hat es offensichtlich auch gefallen, Sheila«, sagte Mrs. Pettigrew.

Ich nickte. »Ja, das stimmt. Das war einer der schönsten Tage, seit ich nach Ithaca gekommen bin.«

Liebe Ailin,
heute haben mich die Pettigrews zu einem Spiel mitgenommen, das Football heißt. Es war sehr verwirrend, und ich hatte keine Ahnung, was eigentlich vor sich ging. Ich weiß nur, dass jedes Team den Ball irgendwie hinter das andere Team irgendwohin bringen will. Hast du schon mal ein Footballspiel gesehen? Ich weiß ja, wie viel du arbeiten musst. Ich hoffe nur, dass du auch mal frei hast.
Ich habe heute drei chinesische Studenten getroffen, die auch auf die Uni gehen. Ich hoffe, wir lernen uns noch besser kennen.

Yanyan

Liebe Yanyan,
nein, ich habe noch kein Footballspiel gesehen, aber unsere Gäste sprechen oft über das Spiel. Es scheint in Amerika wichtig zu sein.

Jetzt habe ich mehr freie Zeit als früher. Unser Restaurant geht inzwischen gut genug, dass wir es uns leisten können, jemanden einzustellen, der beim Geschirrspülen und beim Putzen hilft. Wenn ich frei habe, mache ich gerne einen Spaziergang im Park oder am Meer entlang.

Ich freue mich, dass du ein paar chinesische Mitstudenten kennen lernen konntest. Unser Restaurant liegt ja in Chinatown und so treffen wir natürlich eine Menge Chinesen. Du wirst es hier sehr interessant finden, wenn du einmal kommst und uns besuchst.

Ailin

Ich hatte geglaubt, die Zeit würde nur sehr langsam vergehen und die vier Jahre auf der Universität würden eine Ewigkeit dauern. Aber die Zeit verstrich überraschend schnell, und bevor ich mich's versah, wurden die Tage kürzer und das Laub färbte sich bunt.

Zu Hause in Nanking machten wir in jedem Herbst einen Ausflug aufs Land, um uns an den wunderschönen roten Blättern zu erfreuen. Aber die Herbstblätter in Nanking waren nichts im Vergleich zu denen in Ithaca. Ganze Straßenzüge, gesäumt von Bäumen, verfärbten sich zu einem so strahlenden Rot, dass man denken konnte, sie stünden in Flammen. Auch mochte ich, wie die Haufen trockener Blätter unter meinen Füßen raschelten.

Mit Sibyls schnellem Gang konnte ich nun mithalten und auch in meinen Kursen ging es etwas besser. Die große Überraschung aber kam in meinem Englischkurs, als ich in dem Test Mitte des Semesters eine der besten Noten bekam. Vielleicht, weil ich intensiver gelernt hatte als die anderen. Denn auch für die anderen im Kurs war die Sprache des *Beowulf* so fremd wie für mich.

Ich aber hatte mit dem modernen Englisch fast ebenso viel Schwierigkeiten wie mit dem alten Englisch des *Beowulf*. Einzelne Wörter konnte ich jederzeit im Lexikon nachschlagen, aber die Wörter waren oft zu Begriffen zusammengesetzt, die dann etwas ganz anderes aussagten als die einzelnen Wörter. Einmal hörte ich Mrs. Harte murmeln: »Ich muss mich wirklich zusammenreißen und meine Hausarbeit früher machen.«

Ich wunderte mich über das »Ich muss mich zusammenreißen«. Ich betrachtete Mrs. Harte und sie schien in keiner Weise auseinander zu fallen oder sich sonst irgendwie aufzulösen. Warum musste sie sich zusammenreißen? Schließlich bat ich Sibyl, mir das zu erklären. Sie kicherte und erklärte mir, dass Mrs. Harte lediglich meinte, sie sollte sich mehr anstrengen und ihre Zeit nicht so verplempern. Ich dankte Sibyl und beschloss, mich auch zusammenzureißen. Das erweckte den Eindruck, zuverlässig, stark und entschieden zu sein.

In meinem Hauswirtschaftskurs hatte ich endlich auch gelernt, die Eier für meinen Kuchenteig zu schlagen, ohne auch nur einen einzigen Tropfen zu verspritzen. Dummerweise hatte ich nur das Backpulver vergessen und der Teig blieb flach und ledrig. Er war zäher als die Sohlen meiner Leinenschuhe in China.

Auch in Physik machte ich Fortschritte. Selbst der Assistent konnte meine Arbeit im Labor nicht mehr kritisieren. Mit L. H, dem chinesischen Jungen, zu sprechen gelang mir nicht. Aber immerhin saßen wir jetzt nur noch wenige Reihen entfernt und hatten nicht mehr den ganzen Raum zwischen uns. Den Kurs, der in einem großen Hörsaal stattfand, besuchten mehr als hundert Studenten, und immer, wenn ich kam, waren die meisten Plätze schon belegt und ich hatte nur noch wenig Auswahl. Ich war deshalb immer so spät dran, weil ich vom Hauswirtschaftskurs kam und von dort einen ziemlich weiten Weg hatte.

Langsam verlor ich die Hoffnung, die chinesischen Studenten wieder zu treffen. Da ich unten in der Stadt wohnte, hielt ich mich nach dem Unterricht nicht lange auf dem Campus auf. Und ich hatte keine Ahnung, wo diese Studenten wohnten.

Als mir das Studium etwas leichter zu fallen begann, hatte ich an den Wochenenden auch ein bisschen freie Zeit. An einem Samstag fragte mich Sibyl, ob ich Lust hätte, mit ihr zur Cascadilla-Schlucht zu wandern, wo der Ahorn ganz besonders leuchten sollte.

Vor einem Monat hätte ich allein schon bei der Vorstellung gelacht, wandern zu gehen – abgesehen davon, dass ich nach meinen täglichen Ausflügen zur Universität gar keine Luft zum Lachen übrig gehabt hätte. Aber jetzt stimmte ich zu Sibyls Überraschung freudig zu. Denn ausnahmsweise hatte ich die meisten meiner Hausaufgaben schon erledigt und so konnte ich mir ein relativ faules Wochenende leisten.

In der Luft lag schon ein kalter Hauch, ein Vorgeschmack auf den kommenden Winter. Bei uns zu Hause hatten wir die scharfe Herbstluft immer begrüßt, weil sie das Ende der endlosen Sommerhitze bedeutete. Glücklich schritten Sibyl und ich durch die raschelnden Blätter. Oben an der Kante der Cascadilla-Schlucht spähte ich nach unten und war beeindruckt, wie tief sie war. Da hinunterzustürzen würde den sicheren Tod bedeuten. Dann gingen wir weiter und hörten plötzlich Stimmen – chinesische Stimmen.

Hinter einer Wegbiegung sah ich die drei mir schon bekannten chinesischen Studenten. Bei ihnen war noch eine andere Studentin, auch eine Chinesin. »Da ist ja Sheila!«, rief der Student, der L. H. hieß. »Wir haben uns schon gefragt, wann wir dich wieder einmal treffen würden.«

Das Lächeln der Studenten tat mir gut – nur nicht der Ausdruck auf Celias Gesicht. Sie sah eher böse aus. Ich stellte ihnen Sibyl vor, aber es war klar, dass sie an ihr nicht interessiert waren, einer amerikanischen Frau und dann noch älter als sie.

Allerdings schien die vierte Studentin auch älter als die anderen zu sein. »Ich bin Loretta Feng«, sagte sie. »Ich studiere Biologie als Hauptfach.«

Endlich einmal hatte ich die Gelegenheit, mit meinen Landsleuten reden zu können, ohne in Eile zu sein. »Wohnt ihr alle in einem Wohnheim?«, fragte ich.

»Loretta und ich ja«, sagte Celia und sah darüber nicht sehr glücklich aus. »Aber die Jungs wohnen nicht auf dem Gelände.«

»Y. C. und ich haben Zimmer in der Nähe der Innenstadt«, sagte L. H. »Das kostet weniger als in einem Wohnheim.«

»Ich habe auch ein Zimmer«, sagte ich und zeigte auf Sibyl. »Wir wohnen in einem Haus in der Seneca Street, das Mrs. Harte gehört.«

»Kommst du oft hier raus?«, fragte L. H. »Ich bin häufig hier, weil ich den Ausblick an der Schlucht so mag. Er erinnert mich an chinesische Landschaftsbilder.«

Noch bevor ich die Möglichkeit hatte zu antworten, sagte Celia: »Wir haben nicht den ganzen Nachmittag Zeit! Kommt schon! Wenn wir noch Kanu fahren wollen, müssen wir jetzt gehen.«

L. H. winkte mir zum Abschied zu, bevor er hinter den anderen herrannte, die schon den Hang hinunterliefen. Sibyl sah ihnen mit einem Lächeln nach. »Von eurem Chinesisch habe ich ja kein Wort verstanden, Sheila, aber es ist klar, dass der Junge an dir interessiert ist.«

»Ich weiß nicht, was du meinst«, sagte ich verwirrt.

»Du wirst es schon noch merken«, meinte Sibyl. »Und es ist klar, dass das Mädchen, das Celia heißt, darüber ganz schön sauer ist.«

Was konnte Sibyl über die Gefühle von Leuten wissen, die eine andere Sprache sprachen? Vielleicht hatte sie bei L. H. die Freude darüber gesehen, dass es auf der Uni noch eine weitere chinesische Studentin gab.

Und was war mit meinen eigenen Gefühlen? Nachdem ich nicht mit Baoshu davongelaufen war, hatte ich meine Entscheidung getroffen, Ärztin zu werden. An einem anderen Jungen war ich nicht interessiert.

果 *Achtes Kapitel* 候

Am nächsten Montagnachmittag, nachdem ich gerade von der Universität nach Hause gekommen war, klopfte Mrs. Harte an meine Tür. »Da sind zwei Jungen, die nach Ihnen fragen«, sagte sie.

Ich dachte, es könnten die Pettigrew-Jungen mit einer Nachricht von ihren Eltern sein. Stattdessen standen L. H. und Y. C. vor Mrs. Hartes Haustür. Sie waren offensichtlich sehr mit sich zufrieden.

»Da haben wir ja deine Pension gefunden!«, sagte L. H. »Ich habe alle Hartes in Ithaca nachgeschlagen und dann die Adresse in der Seneca Street rausgefunden.«

»Wir wollten fragen, ob du Lust hast, bei uns chinesisch zu essen«, sagte Y. C. »Celia und Loretta kochen gerade.«

Ich glaubte kaum, dass die beiden Mädchen diese Einladung veranlasst hatten. Doch an dem schwefeligen Geruch, der durch das Haus zog, konnte ich erkennen, das Mrs. Harte mal wieder Kohl zum Abendessen kochte. Wenn sie Gemüse zubereitete, ließ sie es in einem großen Topf mit Wasser so lange kochen, bis es gräulich gelb war. Daher klang chinesisches Essen, egal wer es kochte, einfach himmlisch. Ich sagte sofort zu.

Als ich Mrs. Harte mitteilte, ich wäre zum Essen nicht da, war Sibyl gerade im Esszimmer. Sie lächelte mich bedeutungsvoll an, aber ich tat so, als würde ich das nicht bemerken.

Die beiden Jungen wohnten in einem Stadtviertel nahe am Kanal, der in den Cayuga-See mündete. Obwohl ich fast nichts über amerikanische Häuser wusste, war mir klar, dass dort weniger wohlhabende Leute wohnten als in der Nachbarschaft von Mrs. Harte. Die Häuser hier standen enger beieinander und von einigen blätterte die Farbe ab.

L. H. erzählte mir, dass die Vermieterin damit einverstanden war, dass sie gelegentlich die Küche benutzten, nachdem die anderen Mieter mit dem Abendessen fertig waren. »Ihr ist das ganz recht. Denn an den Tagen, an denen wir kochen, essen wir nicht bei ihr und sie hat dann zwei Mäuler weniger zu stopfen.«

Als wir ankamen, sagte mir Y. C., Loretta und Celia seien in der Küche. Er hielt es wohl für selbstverständlich, dass ich zu ihnen ging. Als ich kam, schnitten die beiden gerade Gemüse.

»Hallo«, sagte Loretta. »Ich sehe schon, Y. C. hat dich als Köchin eingestellt.«

Celia blickte mich ohne jede Begeisterung an. »Was kannst du denn kochen?«

Mir fiel überhaupt nichts ein. »Ich kann Radieschenrosen machen«, bot ich schließlich an.

Zu meiner Erleichterung wurde mein Angebot abgelehnt. »Warum gehst du nicht zu den Jungs?«, schlug Loretta vor. »Weil du das erste Mal hier bist, kannst du unser Gast sein.«

Im Esszimmer deckten die Jungen den Tisch. Ich bot meine Hilfe an, wobei nur noch die Essstäbchen auf den Tisch zu legen waren. Ich nahm ein Paar in die Hand und strich mit dem Finger darüber. Es waren einfache, aus Bambus gefertigte Stäbchen, nicht solche aus Elfenbein, wie wir sie zu Hause hatten. Aber nach all den Wochen, in denen ich mit Messer und Gabel gegessen hatte, fühlte es sich wunderbar an, überhaupt welche in der Hand zu halten.

»Wir hatten nicht die Absicht, dich hier gleich arbeiten zu lassen«, sagte L. H. entschuldigend. »Wir wollten dich einfach besser kennen lernen. Bist du im ersten Semester?«

»Ich bin noch keine richtige Studentin«, erklärte ich. »Ich habe mich zu spät beworben, aber ich bin als Gaststudentin angenommen worden. Wenn mit meinen Kursen in diesem Semester alles klappt, kann ich mich regulär als Studentin einschreiben. Und was ist mit euch?«

»Celia und ich sind im zweiten Jahr, Y. C. ist ein Jahr vor dem Abschluss und Loretta macht ihren Abschluss«, sagte L. H. »Wir haben ein Boxerstipendium. Und du?«

Ich wusste von den Boxerstipendien. Die Boxer waren eine Gruppe chinesischer Fanatiker, die glaubten, dass sie gegen Kugeln und andere westliche Waffen unverwundbar wären. Im Jahr 1900 hatten sie die ausländische Gesandtschaft in Peking angegriffen und viel Leid verursacht, bevor ausländische Truppen in Peking einmarschierten und die Rebellion niederschlugen. Als Entschädigung für diesen Angriff musste die chinesische Regierung einen enormen Betrag an die betroffenen Länder zahlen. Einige dieser Länder, dazu gehörten auch die USA, beschlossen, mit einem Teil der Entschädigung Stipendien für chinesische Studenten an ihren Universitäten zu finanzieren. Jedes Jahr wurden Prüfungen für die Studenten ausgeschrieben, die sich für ein solches Stipendium beworben hatten.

Ich betrachtete die beiden respektvoll. Um ein Boxerstipendium zu erhalten, musste man sehr gut sein. »Ich habe kein Boxerstipendium. Mein Vater bezahlt das Studium.«

Celia kam mit einer Schüssel voll geschnetzeltem Fleisch ins Esszimmer. »Dein Vater zahlt für alles?«, fragte sie. »Dann muss deine Familie ja wirklich reich sein! Ich hoffe, du verschmähst das Essen nicht, dass wir hier servieren.«

»Nein, nein, auf keinen Fall«, sagte ich hastig. »Es riecht wunderbar! Ich hoffe, dass ich auch einmal so kochen kann!«

Ich war vollkommen ehrlich. Die Mahlzeit mit drei Gerichten und einer Suppe, die die beiden Mädchen zubereitet hatten, schmeckte mir wie ein Festessen. Das sagte ich auch, und Loretta lächelte zum Dank für mein Kompliment, wogegen Celia nur säuerlich guckte.

»Es ist sehr nett von Loretta und Celia, dass sie uns so bekochen«, sagte L. H. »Ich habe einen schwachen Magen, und ich bin mir nicht sicher, ob ich es überlebt hätte, monatelang nichts anderes als das schwere amerikanische Essen.«

L. H. sah wirklich nicht sehr kräftig aus. Obwohl nur wenig größer als ein durchschnittlicher Chinese, wirkte er größer, weil er so dünn war. Er hielt sich ein bisschen krumm. Hätte er Gewand und Hut eines Mandarins getragen, hätte er gut in die Rolle des Helden in der chinesischen Oper gepasst, dem Helden, der immer von einer Kriegerin vor den Bösewichtern gerettet werden musste. Langsam verstand ich, warum Celia L. H. gegenüber so beschützend und manchmal sogar Besitz ergreifend auftrat. Sah sie in mir eine mögliche Konkurrentin?

Deswegen brauchte sie vor mir keine Angst zu haben. Sie war hübsch, wogegen ich nie behauptet hatte, bemerkenswert auszusehen. Außerdem schmerzten mich noch immer die Wunden aus der Beziehung zu Baoshu und ich wollte keine neue Beziehung haben.

Y. C. war kräftiger gebaut als L. H. und schien keine Magenprobleme zu haben. Er aß herzhaft, so herzhaft, dass Loretta das Omelett aus seiner Reichweite zog. »He, wir anderen wollen auch noch was haben!«, sagte sie und das war nur zur Hälfte scherzhaft gemeint.

Wir aßen alle reichlich. Als wir mit der Mahlzeit fertig waren, hatten wir keinen Bissen übrig gelassen. Bei uns zu Hause wäre das schlechtes Benehmen gewesen. Mutter hätte mich belehrt, dass wir von jedem Gericht mindestens eine Portion für die Dienerschaft übrig lassen müssten, auch von dem besten – besonders von dem besten.

Aber hier gab es keine Dienerschaft. Wenn ich von den anderen akzeptiert werden und öfters bei ihnen essen wollte, sollte ich besser all das lernen, was unsere Diener taten: Gemüse putzen und Fleisch schneiden, beides zusammen schmoren und Reis kochen. Sogar Geschirr spülen und Töpfe schrubben. Plötzlich hatte ich meine Freundin Ailin vor Augen, die all das tat.

Beim Essen erfuhr ich einiges über die anderen. Der Vater von L. H. war Hauslehrer bei einer reichen Familie in Wuxi gewesen, einer sehr schönen Stadt nicht weit von Nanking. Sein Vater hatte L. H. sorgfältig die Grundlagen der chinesischen Klassiker beigebracht in der Absicht, dass sein Sohn wie er ein Geisteswissenschaftler werden sollte. Doch L. H. hatte 1910, als er sieben Jahre alt war, den Halley'schen Kometen gesehen. Dieses bemerkenswerte Bild hatte er nie mehr vergessen, und als er später mehr über Kometen erfuhr, entwickelte er ein starkes Interesse an Astronomie. Das war sein Hauptfach auf der Uni.

»Ich erinnere mich noch gut, wie ich hier zum ersten Mal durch ein Teleskop geschaut und die Ringe des Saturns gesehen habe!«, sagte er. Ich konnte die Leidenschaft in seinen Worten hören. Er hatte ein Gebiet gefunden, das er wirklich liebte.

Lorettas Familie stammte ursprünglich aus Kanton, war aber nach der Revolution 1911 nach Schanghai gezogen. Ihr Vater war ähnlich wie meiner in Europa gereist und sprach mehrere Sprachen. »Ich habe keine Ahnung, woher ich mein Interesse an Biologie habe«, sagte sie. »Vielleicht kam das, nachdem mein Vater mit einem Edelweißpflänzchen aus der Schweiz zurückgekommen war.«

»Hat dir auch einer der Professoren gesagt, dass eine Naturwissenschaft wie Biologie nicht zur weiblichen Mentalität passt?«, fragte ich.

Loretta lachte. »Woher weißt du das?«

»Mein Studienberater hat mir das gesagt«, erzählte ich. »Aber ich habe trotzdem einen Physikkurs belegt. Der ist wirklich schwer, und ich bereue es fast, dass ich ihn gewählt habe.«

L. H. sah mich erschrocken an. »Willst du den Kurs aufgeben und was Leichteres nehmen?«

»Nein«, sagte ich. »Ich mag keine Niederlage eingestehen. Ich bleib dran, egal was kommt.«

Y. C. wollte Ingenieur werden. (Ich hätte gerne gewusst, ob sein Studienberater ihm gesagt hatte, dass sein Schädel für ein Ingenieurstudium die falsche Form hatte.) Er wollte Eisenbahnen bauen wie schon sein Vater. Die chinesischen Eisenbahnen waren größtenteils mit Hilfe der Briten gebaut worden, aber auch die Deutschen und Belgier waren für bestimmte Strecken verantwortlich. Y. C.s Vater wollte, dass sein Sohn in Amerika das Eisenbahnwesen studierte. Immerhin waren die Vereinigten Staaten, ähnlich wie China, ein riesiges Land. Dort musste es einfach fortschrittliche Lösungen für die Konstruktion von Schienenwegen für Langstreckenverbindungen geben.

Celia kam aus Sichuan, das berühmt war für sein scharfes Essen. Vielleicht hatte sie daher ihr hitziges Temperament. Es stellte sich heraus, dass trotz ihrer Bemerkung über meine reiche Familie ihre eigene Familie alles andere als arm war. Ihr Vater war Antiquitätenhändler. Beide, Celia und Loretta, hatten in Ithaca kochen gelernt. Wie ich hatten sie davon keine Ahnung gehabt, bevor sie nach Amerika gekommen waren.

Als ich zu meiner Pension zurückging, war ich optimistischer als jemals zuvor seit meiner Ankunft in Ithaca. Ich hatte Freunde gefunden!

Eine Woche später wurde ich wieder eingeladen. Da ich nichts zum Essen beitragen konnte, brachte ich eine große Tüte Äpfel mit, die hier in Ithaca besonders gut waren. Sie schmeckten frisch und süß, besser als in Nanking.

Aber auch die Äpfel konnten nicht darüber hinwegtäuschen, dass ich ein Gast war – ein Gast, der nicht von den beiden Mädchen eingeladen worden war, die wieder gekocht hatten. Celia zeigte ganz offen, dass sie verstimmt war, während Loretta noch halbwegs freundlich blieb.

Während des Essens sprach Celia über ihr Hauptfach, englische Literatur. »Ich werde Schriftstellerin«, verkündete sie. »Ich möchte mich den Autoren anschließen, die sich vom klassischen Chinesisch abgewandt und stattdessen die Alltagssprache der ganz normalen Menschen übernommen haben. Das ist die bisher wichtigste Veränderung in der Geschichte der chinesischen Literatur.«

Ich hatte von dieser Bewegung gehört. Bis ins zwanzigste Jahrhundert hinein war die gesamte ernsthafte Literatur in China in klassischem Chinesisch verfasst worden, was jahrelanges Studium voraussetzte, um sie überhaupt verstehen zu können. Nach der Revolution entstand die Bewegung, in der Alltagssprache der gewöhnlichen Leute zu schreiben. Vater unterstützte diese Idee mit Begeisterung und erzählte uns, dass die großen englischen Autoren wie zum Beispiel Dickens immer gewollt hatten, dass jeder Mensch ihre Bücher verstünde. Aber Ältester Bruder und Zweiter Bruder waren der Meinung, dass diese Bewegung die Literatur verderbe. Sie glaubten, dass ernsthafte Literatur in klassischem Chinesisch für eine verhältnismäßig kleine Elite geschrieben sein sollte.

»Du hast Recht: Gute Literatur sollte allen Menschen zugänglich sein«, sagte ich zu Celia. »Ich habe die populären Romane, die in der Volkssprache geschrieben waren, immer geliebt, solche wie *Der Traum der roten Kammer* oder *Die Reise nach Westen*. Die sind einfach zu verstehen und machen richtig Spaß.«

Celia sah tief beleidigt aus. »Ich spreche nicht über die populären Romane! Ich beabsichtige, gute Literatur zu schreiben, nicht etwas, das unterhaltsam oder leicht zu verstehen sein soll.«

»Ich habe dich so verstanden, dass du willst, dass jeder deine Bücher verstehen kann«, protestierte ich.

»Du bist es, die nichts versteht«, fuhr Celia mich an. »Unsere Bewegung gebraucht die Sprache der einfachen Leute, das bedeutet aber nicht, dass wir erwarten, dass alle einfachen Leute unsere Werke verstehen!«

»Warum bleibst du dann nicht einfach beim klassischen Chinesisch, wenn du doch nicht verstanden werden willst?«, fragte ich. Ich meinte das nicht sarkastisch, ich wollte es wirklich nur wissen.

Celia gab einen tiefen Seufzer von sich. »Ich geb's auf. Es ist hoffnungslos, dir etwas erklären zu wollen.«

Ich gab auch auf. Es war hoffnungslos, Celias Wohlwollen gewinnen zu wollen. »Also dann musst du ja den *Beowulf* richtig lieben«, sagte ich. »Der ist zuerst ziemlich schwer zu verstehen, aber dann ist er doch unterhaltsamer, als ich erwartet hatte. Die Kampfszenen mit dem Ungeheuer mag ich besonders.«

»Kampfszenen!«, schrie Celia. »Ist das alles, was dich interessiert? Gleich erzählst du auch noch, dass du Kung-Fu magst!«

Das Stichwort Kung-Fu brachte mir wieder Baoshus Bild vor Augen und mich durchzuckte ein tiefer Schmerz. Ich schloss die Augen, um gegen die aufsteigenden Tränen anzukämpfen.

»Celia, du solltest nicht so streng mit Sheila sein«,

sagte L. H. »Nicht jeder hat schließlich denselben literarischen Geschmack wie du.«

Diese Bemerkung besänftigte Celias Stimmung keineswegs, sondern machte sie noch wütender. Ziemlich bald danach ging ich. Ich nahm nicht an, dass ich so schnell wieder eingeladen würde. Und so war es dann auch.

Es wurde erheblich kälter und die Nächte wurden immer länger. In ihrem letzten Brief hatte Ailin das wunderbar warme Wetter in San Francisco erwähnt.

Liebe Yanyan,
in Ithaca wird es nun wohl immer kälter werden. Hier in San Francisco ist der September so warm wie in Nanking. Wie steht es mit einem Besuch bei uns? Ich würde dich sehr gerne wieder sehen.

Ailin

Liebe Ailin,
Ich würde dich auch so gerne wieder sehen. Aber ich weiß nicht, woher ich die Zeit nehmen soll, den ganzen Kontinent bis zur Westküste zu durchqueren. Ich muss so viel für die Universität tun, dass ich noch nicht einmal bei den Taughanock Falls, den Watkin Glens oder an anderen schönen Orten in der Nähe war.
Vielleicht schaffen wir es, uns zu einem späteren Zeitpunkt zu treffen.

Yanyan

Das kalte Wetter ließ mich wieder an Baoshu denken. Wenn ich in die kahlen Zweige der Bäume vor Mrs. Hartes Haus schaute, sah ich mich mit ihm über die Steppen der Mandschurei galoppieren. Bei solchen Gelegenheiten quälte ich mich mit dem Gedanken: Was wäre gewesen, wenn …?

Das sonntägliche Essen bei der Familie Pettigrew half, meine Einsamkeit und Isolation zu mildern. Die beiden Jungen behandelten mich wie ein Familienmitglied. Wenn mein Englisch zu seltsam wurde, hatten sie großen Spaß daran, mich damit aufzuziehen.

Mr. Pettigrew fragte mich nach meinen Kursen.

»Wirklich zu kämpfen habe ich in Physik«, sagte ich. »Aber ich glaube, wenn ich meinen ganzen Grips zusammenreiße, kann ich bestehen.« Als die beiden *Grips zusammenreißen* hörten, fielen sie vor Lachen fast vom Stuhl.

Eines dieser Sonntagsessen verlief allerdings nicht so erfreulich. Es waren Gäste da, Mr. und Mrs. Winthrop, ebenfalls Mitglieder der Fakultät der Cornell Universität. Bevor man in das Esszimmer ging, saßen die Gäste im Wohnzimmer und tranken etwas, das Sherry hieß und ein bisschen wie Reiswein schmeckte. Ich reichte einen Teller mit Nüssen herum, was normalerweise die Jungen machten, doch die waren an diesem Abend bei einem Freund zu Besuch.

Mrs. Winthrop verschüttete etwas Sherry aus ihrem Glas auf den kleinen Tisch vor ihr. Sie wandte sich zu mir und befahl: »Hol ein Tuch zum Aufwischen.« Ich war etwas verblüfft über ihren schroffen Ton. Sprach sie immer in diesem Ton?

Kurz darauf wurde mir klar, warum sie sich mir gegenüber so benahm. Mrs. Pettigrew kam aus der Küche und unterhielt sich nun auch mit den Gästen. Da sagte Mrs. Winthrop: »Ich bin ja so froh, Mabel, dass du endlich nachgegeben und dir eine Hilfe genommen hast.« Sie blickte zu mir herüber und fügte hinzu: »Chinesische Mädchen können hart arbeiten, aber ist ihr Englisch ausreichend? Kann sie dich gut genug verstehen, um deinen Anweisungen nachzukommen?«

»Ich verstehe immerhin genug Englisch, um Anweisungen nachzukommen und Ihren verschütteten Drink aufzuwischen«, stieß ich hervor, bevor ich mich bremsen konnte.

Mr. und Mrs. Pettigrew wurden beide knallrot und Mrs. Winthrop blieb der Mund offen stehen. »Das war mein Fehler, Gloria«, sagte Mr. Pettigrew zu Mrs. Winthrop. »Ich hätte euch vorstellen sollen. Sheila ist nicht unser Dienstmädchen. Sie ist Studentin an der Universität und wir laden sie sonntags gerne zum Essen ein.«

Dieses Essen war kein großer Erfolg. Ich musste ständig gegen die Versuchung ankämpfen, aus dem *Beowulf* zu zitieren, um zu zeigen, wie gut ich Englisch beherrschte. Ich glaube, das wäre nicht so gut angekommen.

Als ich dann zurück in meinem Zimmer bei Mrs. Harte war und mich für die Nacht fertig machte, hatte ich mich wegen Mrs. Winthrops Benehmen schon wieder so weit beruhigt, dass ich ohne Ärger daran denken konnte – zumindest ohne richtig wütend zu werden. Sie war nicht schlimmer als der Mann in der Wäscherei, der dachte, alle Schlitzis würden in Wäschereien arbeiten.

Eigentlich hatte ich kein Recht, beleidigt zu sein, dass mich Mrs. Winthrop irrtümlich für ein Dienstmädchen gehalten hatte. Zu Hause in China beschäftigten wir schließlich ebenfalls Dienstmädchen. Außerdem war auch Ailin Kindermädchen gewesen und arbeitete jetzt als Köchin und wahrscheinlich zusätzlich als Kellnerin. Ailin mochte zierlich aussehen, doch selbst ohne Training in den Kampfsportarten war sie stark. Und wenn ich auf meinen Mut stolz war, musste ich auch solche Kränkungen wie die von Mrs. Winthrop oder dem Physikassistenten ignorieren.

Der Herbst verging viel zu schnell. In einer Nacht fiel Regen, gemischt mit Graupel, und am nächsten Morgen waren die Straßen mit Eis überzogen. Den Weg zur Universität hinaufzukommen war, als müsste man einen gläsernen Berg besteigen, und zurück war es noch viel tückischer. Gerade als ich dachte, ich hätte den Rückweg zu Mrs. Hartes Haus heil überstanden, rutschte ich aus und landete hart auf dem Hintern.

»Komm, ich helf dir hoch«, sagte eine Stimme. Ich hatte mich so darauf konzentriert, auf den Füßen zu bleiben, dass ich L. H. hinter mir gar nicht bemerkt hatte. Er bückte sich, um mir die Hand hinzustrecken, rutschte aber im selben Moment auch aus und landete direkt neben mir. Wir blickten uns nur an und brachen in Gelächter aus.

Ich hatte mit den chinesischen Studenten nicht mehr zu Abend gegessen, sah L. H. aber regelmäßig im Physikkurs. So allmählich hatten wir uns immer weiter zueinander hingearbeitet und jetzt saßen wir nur noch eine Reihe auseinander. Es war gut möglich, dass einige andere Studenten uns beobachtet und es uns absichtlich etwas einfacher gemacht hatten.

Schließlich rappelten wir uns wieder auf und vorsichtig schlitternd und rutschend schafften wir es bis vor meine Haustür. Ich drehte mich zu L. H. um und wollte mich von ihm verabschieden, als ich auf seiner Wange ein paar gelbliche Flecken entdeckte. »Du bist auch schon mal gefallen«, sagte ich.

Er sah weg. »Also, nicht so richtig.«

Mehr sagte er nicht, und da ihm das Thema unangenehm zu sein schien, bedrängte ich ihn nicht weiter. Es waren alte Prellungen, dachte ich, die sich schon gelblich verfärbt hatten.

Danach kam es oft vor, dass L. H. mich auf dem Heimweg begleitete. Manchmal gingen wir nicht direkt zu Mrs. Hartes Haus, sondern machten einen Umweg über die Cascadilla-Schlucht. Das war einer von L. H.s Lieblingsplätzen, und er machte hier immer Halt, um die Landschaft zu bewundern.

Wir sprachen über den Physikkurs, den ich nach wie

vor teuflisch schwer fand. »Langsam tut es mir wirklich Leid, dass ich diesen Kurs gewählt habe«, sagte ich. »Ich habe gerade mitbekommen, dass wir auch noch Differenzialrechnung brauchen. Damit haben wir aber gerade erst im Mathematikkurs angefangen.«

»Warum hast du den Kurs dann belegt?«, fragte er neugierig. »Die meisten Studenten belegen ihn erst in ihrem zweiten Jahr, nachdem sie schon ein Jahr Mathematik hatten.«

Warum? Das war eine gute Frage. Ich entschied mich, sie ernsthaft zu beantworten: »Der Studienberater hat mir einfach Anweisungen gegeben, mach dies und mach das – nimm Hauswirtschaftslehre, Englisch und so weiter –, und da habe ich beschlossen, etwas völlig Unerwartetes zu tun.«

Er sagte nichts und ich fühlte mich ein bisschen albern. »Natürlich ist das ein dummer Grund, einen Kurs zu wählen. Das zeigt ja, wie kindisch ich war!«

Doch dann sah ich, dass er grinste. »Aber mir gefällt, warum du den Kurs gewählt hast: etwas völlig Unerwartetes tun!«

Bis jetzt hatte ich immer nur gemerkt, dass sich die Leute ärgerten, wenn man etwas Unerwartetes tat. Sie wollten, dass man mit der Vorstellung, die sie von einem im Kopf hatten, übereinstimmte. Sie mochten es, wenn man für sie berechenbar war. Dann fühlten sie sich sicherer.

Es war sehr erfrischend, dass L. H. meine Einstellung offensichtlich schätzte. Nicht nur dass er sich über das Unerwartete freute, sondern er war auch fasziniert vom Unbekannten, von den fernen Sternen. Er war abenteuerlustig. Nicht körperlich, sondern geistig. Ich war noch nie jemandem wie ihm begegnet. Wenn ich nicht aufpasste, würde ich anfangen den Jungen zu mögen – ihn zu sehr zu mögen. Plötzlich fragte ich mich, ob Baoshu Leute mochte, die das Unerwartete taten.

Als L. H. und ich eines Tages zusammen zur Universität gingen, fiel mir auf, dass er noch blasser war als sonst. Er stieß leise auf und zuckte zusammen. »Tut mir Leid«, sagte er. »Ich hab mir den Magen verdorben.«

Da fiel mir etwas ein, was Ältester Bruder von seinem Kampfsportlehrer gelernt und an mich weitergegeben hatte: Vermeide nach einem schweren Essen jede Art anstrengender Tätigkeit. »Hast du vielleicht heute Mittag etwas Schweres gegessen?«, fragte ich L. H.

Er verzog das Gesicht zu einer Grimasse. »Woher weißt du das? Es war wieder so ein pampiger Eintopf meiner Vermieterin.«

»Aha. Nach einem so schweren Essen solltest du dich nicht anstrengen«, sagte ich zu ihm. »Und ich finde, der Weg zur Universität hinauf ist anstrengend.«

»Ja, Frau Doktor«, sagte er demütig und grinste. Aber dann sah er plötzlich nachdenklich aus.

Einige Wochen später fiel mir auf, dass L. H. weniger ausgemergelt aussah. »Ist deine Magenverstimmung besser geworden?«, fragte ich. »Du hast eine bessere Farbe im Gesicht und du hast zugenommen.«

»Ja, Frau Doktor Zhang«, sagte er wieder mit einem Grinsen. »Ich esse anders. Ich habe Ihren Rat ernst genommen und vor großen Anstrengungen nicht so viel gegessen und das scheint zu helfen.«

Es war lächerlich, aber ich freute mich darüber. Einmal, weil ich Spaß daran hatte, Doktor Zhang genannt zu werden, obwohl das natürlich scherzhaft gemeint war. Zum anderen, und das freute mich noch mehr, weil mein Rat bei seiner Magenverstimmung wirklich geholfen hatte.

Als die Tage kürzer wurden, war es schon dunkel, wenn ich mich von der Universität auf den Weg nach Hause machte. Ich wollte zwar unabhängig sein, doch wenn L. H. mich begleitete, fühlte ich mich sicherer. Ich fragte mich, ob Celia wusste, wie viel Zeit wir miteinander verbrachten.

Eines Abends, nachdem mich L. H. bis zu meiner Haustür gebracht hatte und ich schon die Stufen hinaufgestiegen war, hörte ich Stimmen hinter mir. Ich drehte mich um und sah L. H. mit einer Gruppe von drei Jungen sprechen. Sie waren alle sehr groß, sehr viel größer als er.

»Es dauert nicht länger als ein paar Minuten!«, sagte der eine. Er klang wütend.

»Das kann ich nicht tun«, sagte L. H. »Das ist Betrug.«

»Dreckiger Schlitzi!«, sagte einer der beiden anderen. »Kommt, wir geben ihm eine Abreibung, die er nicht vergisst.«

Ich hörte die Schläge. L. H. war vornübergebeugt und hielt sich den Kopf.

Fast automatisch rannte ich die Stufen hinunter und die Worte von Ältester Bruder kamen mir in den Sinn: »Eine halbe Drehung, vorbeugen und gleichzeitig einen Tritt nach hinten.«

Ich trat. Es war ein guter Tritt. Selbst mit chinesischen Stoffschuhen wäre das ein schmerzhaftes Zusammentreffen gewesen. Aber mit meinen schweren Lederschuhen ließ die Wucht den Jungen aufheulen und nach Luft schnappen.

Die beiden anderen standen starr vor Überraschung da. Nicht nur, dass mein Angriff unerwartet gekommen war, ich war auch so viel kleiner als sie, und sie hatten mich nicht kommen sehen.

Mit einem zweiten Tritt zielte ich nach dem nächsten Jungen. Obwohl dieser Tritt nicht ganz so sicher kam, saß er trotzdem.

»Jetzt seid ihr drei gegen zwei, statt drei gegen einen!«, schrie ich sie an. »Wie gefällt euch das, ihr Maulhelden?«

Ich hätte eine zu laute Stimme, hatte meine Mutter mir immer vorgehalten. Bei meinem Geschrei trat Mrs. Harte vor die Haustür, auch Sibyl kam angelaufen. Die drei Jungen, sichtlich verwirrt, blickten sich um und zogen es vor, abzuhauen.

Ich ging zu L. H., der zusätzlich zu seinen alten nun auch frische Prellungen im Gesicht hatte.

»Stammen die vorigen auch von diesen Jungs?«, fragte ich.

Er nickte. Dann blickte er mich völlig verblüfft an. »Du kannst Kung-Fu!«

»Nein, das nicht«, murmelte ich. »Ich bin nur Anfängerin. Im Moment fühle ich mich eher wie eine Sängerin in einer zweitklassigen chinesischen Oper. Gleich breche ich mit Falsettstimme in eine Arie aus.«

Sibyl kam die Stufen herunter. »Komm, Sheila, bringen wir den Jungen rein und legen etwas Eis auf seine dicke Backe.«

Der Gebrauch von Eis zur Behandlung von Schwellungen war mir neu, und ich nahm mir vor, später einmal herauszubekommen, wie das funktionierte. In Mrs. Hartes Eisschrank lag ein großer Brocken Eis, wie sie ihn täglich geliefert bekam, um ihre Nahrungsmittel zu kühlen. Sibyl schlug ein Stück davon ab, wickelte es in ein Tuch und gab es L. H., der es auf seine Backe drückte.

Während Mrs. Harte damit beschäftigt war, das Abendessen vorzubereiten, saßen L. H. und ich am Esstisch und ich befragte ihn leise wegen des Überfalls. »Die Jungen wollten, dass du etwas tust, und du hast dich geweigert.«

Er verzog das Gesicht. »Das sind Footballspieler, die an einem Grundkurs in Mathematik teilnehmen. Der ist aber zu schwierig für sie, und so wollen sie, dass ich die Hausaufgaben für sie mache.«

»Aber wie sind die denn gerade auf dich gekommen?«, fragte ich.

»Einer meiner Klassenkameraden ist ein fanatischer Footballfan«, antwortete er. »Als er von den Problemen hörte, die diese Jungs haben, dachte er, ich könnte helfen, weil Mathe eines meiner besten Fächer ist.«

»Du meinst, ihnen Nachhilfe zu geben?«

»Wenn es nur um Nachhilfe ginge, würde ich gerne helfen. Aber die wollen überhaupt nichts selber machen! Sie jammern, es würde sie zu viel Trainingszeit kosten. Die wollen, dass ich ihnen ihre ganzen Hausaufgaben mache. Als ich mich geweigert habe, fingen sie an, mich zu bedrohen.«

»Ich verstehe immer noch nicht, warum sie ausgerechnet auf dich gekommen sind? An der Uni gibt es doch massenweise Leute, die ihnen hätten helfen können.«

Er seufzte. »Du weißt doch, dass die Schläger sich am liebsten die Schwachen raussuchen, und ich sehe eben aus wie jemand, den man leicht rumschubsen kann. Und außerdem kommen die Leute mir nicht zu Hilfe, wenn ich angegriffen werde, weil ich ein Chinese bin.« Er grinste mich an – wegen seiner geschwollenen Wange ein schmerzhaftes Grinsen. »Und natürlich haben die nicht damit gerechnet, dass eine Kriegerin aus der chinesischen Oper kommen und mich retten würde.«

»Sie haben auch nicht erwartet, dass du dich weigern würdest«, sagte ich. »Was werden sie jetzt tun? Glaubst du, sie greifen dich wieder an?«

»Das bezweifle ich«, sagte er. »Aber wenn, dann muss ich mich weiter weigern.«

Er sah vielleicht aus wie ein Schwächling, wie der verweichlichte Gelehrtentyp, der in so vielen chinesischen Romanen vorkommt, aber innerlich war er überraschend stark. Wie Ailin hatte es L. H. nicht nötig, Kampfsport zu trainieren, um mutig zu sein.

Erstaunlicherweise gefiel mir der Hauswirtschaftskurs immer besser. Ich lernte tatsächlich kochen! Also nicht direkt kochen, aber ich lernte, Gemüse für das Kochen vorzubereiten. Eines Tages führte uns die Lehrerin ein Gemüseschneidegerät vor, und ich war verblüfft, wie schnell es den Kohl in Streifen schnitt. Zu so vielen chinesischen Gerichten gehört fein geschnittenes Gemüse und dieses Gerät schien die ideale Lösung zur Vorbereitung eines chinesischen Essens zu sein.

Ich beschloss also, ein Gemüseschneidegerät zu kaufen und zu einem Abendessen einzuladen. Zu diesem Zeitpunkt glaubte ich noch, dies wäre äußerst mutig von mir. Später wurde mir klar, dass ich wohl nicht ganz bei Trost gewesen sein musste.

Da ich nicht mehr bei L. H., Y. C. und den beiden Mädchen eingeladen worden war, dachte ich, es wäre der beste Schritt, sie meinerseits in Mrs. Hartes Haus zum Essen einzuladen. So wie sie wollte ich ein chinesisches Essen zubereiten, wenn Mrs. Hartes andere Mieter mit dem Essen fertig waren.

Als ich L. H. das nächste Mal sah, erzählte ich ihm von der Einladung. Er blickte mich stirnrunzelnd an. »Bist du sicher, dass du das wirklich willst?«, fragte er.

Das war nicht gerade die begeisterte Reaktion, auf die ich gehofft hatte, doch ich nickte. »Ja, bin ich«, sagte ich entschieden.

Es war schwierig, ohne Soja, Ingwer, Tofu und andere typische Zutaten chinesisch zu kochen. Es widerstrebte mir, Celia und Loretta zu fragen, wo sie ihre Vorräte eingekauft hatten. Dann fiel mir das Restaurant »Pfirsichgarten« ein. Ich war noch einmal dort gewesen, und bei diesem zweiten Besuch hatte mir der Koch eine Mahlzeit zubereitet, die dem, was ich von zu Hause gewöhnt war, sehr viel näher kam. Ich könnte ja die Besitzer des Restaurants fragen, wo sie ihre Lebensmittel kauften.

Es stellte sich heraus, dass sie ihre Zutaten in New York City bestellten. Sie kauften die Sojasoße in großen Flaschen und den Reis in Packungen von hundert Pfund und alles wurde dann nach Ithaca transportiert.

Also gut, nun musste ich eben ohne diese Zutaten kochen. Aber zumindest wollte ich das Gemüse in einer heißen Pfanne unter Umrühren kurz anschmoren. Das würde es eher chinesisch schmecken lassen.

Ich kaufte eine Gemüseschneidemaschine und drei Kohlköpfe, kehrte in Mrs. Hartes Küche zurück und machte mich an die Arbeit. Dreißig schweißtreibende Minuten später hatte ich einen Haufen klein geschnittenes Gemüse – eigentlich einen ganzen Berg klein geschnittenes Gemüse. Um das schnell und heiß anzubraten, bräuchte ich eine Pfanne in der Größe eines Waschbottichs.

Ich hörte ein Schnauben und sah an der Tür Sibyl stehen, die gerade erfolglos versuchte, ein Lachen zu unterdrücken. »Was willst du denn mit all dem Kohl?«, fragte sie, als sie wieder reden konnte.

»Den wollte ich kurz und heiß in der Pfanne anbraten – weißt du, auf chinesische Art«, sagte ich. »Vielleicht kann ich das ja in kleineren Portionen machen.«

»Da bist du um Mitternacht noch nicht fertig«, sagte Sibyl. »Was soll es denn sonst noch geben?« Ich hatte sie auch zu meinem ersten Essen eingeladen, doch nun schien sie sich nicht unbedingt darauf zu freuen.

Ja, was sollte es sonst noch geben? In diesem Moment fiel mir ein, dass ich für das Menü noch weiter gar nichts getan hatte. Ich hatte ein ganzes Hühnchen gekauft, das noch nicht zerlegt war, ein Stück Schweinefleisch, das immer noch nicht klein geschnitten war, und Reis, den ich noch nicht gewaschen hatte.

Ich setzte mich an den Küchentisch und stützte den Kopf in die Hände. Ich musste gut nachdenken. Es dämmerte mir langsam, dass die Vorbereitung eines Essens nicht darin bestand, ein Gericht nach dem anderen zuzubereiten. Es stimmte schon, unser Koch zu Hause brauchte nur ein paar Minuten, um ein einzelnes Gericht fertig zu machen, und die Dienstmädchen servierten dann eines nach dem anderen. Aber die Vorbereitung dieser Gerichte musste schon lange im Voraus erledigt sein. Nun fiel mir wieder ein, dass unsere Hauswirtschaftslehrerin auch so etwas in der Art gesagt hatte. Ich hätte ihr besser zuhören sollen.

Was sollte ich denn jetzt bloß machen? Meine Gäste würden in rund einer Stunde eintreffen, und alles, was ich hatte, war ein Haufen klein geschnittener Kohl. Der Reis, der am längsten kochen musste, hätte als Erstes vorbereitet werden müssen. Den einzigen Reis, den ich in Ithaca hatte auftreiben können, war einer, den die Amerikaner für Milchreis verwenden. Was für einen Reis servierten die Leute vom »Pfirsichgarten«?

Der »Pfirsichgarten«! Ich sprang auf. »Sibyl, ich brauche deine Hilfe. Wir müssen etwas zu essen holen.«

Der Besitzer des »Pfirsichgartens« war damit einverstanden, mir einige Gerichte zuzubereiten, die ich dann mitnehmen konnte. Für ihn war es neu, dass Gäste seine Mahlzeiten bei sich zu Hause essen wollten. Doch nachdem er kurz darüber nachgedacht hatte, lächelte er und stimmte zu. Eigentlich gefiel ihm die Idee, denn dann hatte er die Tische im Restaurant für andere Gäste frei.

Sibyl und ich warteten nervös, während der Koch sich in der Küche abmühte, aber schließlich konnten wir drei heiße Gerichte und einen Topf Reis mitnehmen. Das Essen den Berg hinaufzuschleppen, ohne etwas zu verschütten, war nicht so einfach, doch wir schafften es zurück in Mrs. Hartes Haus – wenige Minuten bevor die Gäste eintreffen sollten. Ich hatte gerade noch Zeit, den Tisch zu decken – mit Essstäbchen, die ich im »Pfirsichgarten« nach viel Schmeichelei bekommen hatte.

Der erstaunte Ausdruck auf den Gesichtern von L. H., Y. C., Loretta und Celia war schon sehr komisch. Ich wusste nicht, was sie erwartet hatten, aber bestimmt keine komplette chinesische Mahlzeit. Y. C., der immer der Hungrigste war, setzte sich als Erster und nahm sich ein paar geschmorte Garnelen. Die anderen folgten etwas zögerlich, doch es dauerte nicht lange, bis alle herzhaft zulangten.

»Restaurant ›Pfirsichgarten‹, stimmt's?«, fragte Y. C, als er eine kleine Pause machte. »Ich dachte doch gleich, dass mir die orangefarbene Soße bekannt vorkommt.«

Ich konnte die Wahrheit nicht länger verheimlichen. »Ja, das ganze Menü kommt vom ›Pfirsichgarten‹. Ich habe den Koch zwar dazu bringen können, etwas weniger Zucker für das süßsaure Schweinefleisch zu nehmen, aber gegen die orange Farbe konnte ich nichts ausrichten.«

»Natürlich können wir von unserem reichen jungen Fräulein hier nicht erwarten, dass es sich die Hände beim Kochen schmutzig macht«, sagte Celia. »Nur Arme wie wir müssen die Arbeit selbst tun.«

»Ich hatte ja schon damit angefangen, das Essen selbst zuzubereiten«, sagte ich. »Ich habe sogar einen riesigen Berg von Kohl klein geschnitten. Aber dann habe ich ziemlich bald gemerkt, dass Kochen viel schwieriger ist, als ich gedacht hatte.«

»Natürlich ist es schwer!«, fuhr Celia mich an. »Glaubst du etwa, wir hätten das sofort gekonnt?«

»Jetzt weiß ich die Arbeit zu schätzen, die ihr euch gemacht habt«, druckste ich herum. »Und ich wollte euch dafür danken, dass ihr mich eingeladen habt.«

»Das ist nett, dass du das sagst, Sheila«, meinte Loretta ganz gerührt.

»Ich finde, auch wir sollten uns bei Sheila bedanken, dass sie uns zu einem so guten Essen eingeladen hat«, sagte L. H. »Ob sie es selbst gekocht hat oder nicht, ist doch unwichtig. Es ist die freundliche Absicht, die zählt.«

»Das finde ich auch!«, sagte Y. C.

Ich dachte schon, dass von nun an das Essen gut verlaufen würde, aber dann erkundigte sich Celia nach der Schlägerei vor Mrs. Hartes Haus. »Ich habe gehört, dass du ein paar Footballspieler angegriffen hast«, sagte sie. »Nach deinem Literaturgeschmack hätte ich wissen müssen, dass du eine Expertin in Kung-Fu bist!«

»Ich bin nur Anfängerin«, sagte ich. »Mein Bruder hat mir ein bisschen was beigebracht.«

»Na ja, aber sich auf diese Jungs zu werfen verlangt schon echte Kampfeslust!«, sagte Celia.

»L. H. wurde verprügelt und da musste ich ja wohl was tun«, erwiderte ich scharf. »Was hättest du denn getan, wenn du dabei gewesen wärst?«

Das stopfte ihr den Mund. Während des restlichen Essens war Celia ziemlich still. Meine Gäste – jedenfalls die Mehrzahl – aßen mit Vergnügen und bedankten sich herzlich bei mir, als sie gingen. Vielleicht würde ich ja doch noch als Mitglied der Gruppe akzeptiert werden.

果 *Neuntes Kapitel* 候

Der Winter kam, und ich verstand langsam, weshalb Vater mich vor der Kälte gewarnt hatte. In Nanking hatte ich oft gefroren, besonders am Morgen, wenn ich aus dem Bett sprang und auf dem eisigen Fußboden landete. Aber ich war nicht auf die bittere Kälte in Ithaca vorbereitet, die mir ins Gesicht biss und meine Augen schmerzen ließ, wenn ich morgens den Berg hinaufstieg.

Überall um mich herum unterhielten sich die Leute darüber, was sie während der Winterferien vorhatten. Und auch die Studentinnen aus meiner Klasse schienen sich nur noch mit den Weihnachtsfeiertagen zu beschäftigen.

Ich musste daran denken, wie zu Hause in Nanking die Lehrerinnen der MacIntosh-Schule Girlanden aufgehängt hatten und Bilder des Christkinds in der Krippe, umgeben von Schafen, Kühen und anderen Tieren. Wir hatten Lieder gesungen, die mit dem Feiertag zusammenhingen und Choräle hießen. Aber in meiner Familie bedeutete Weihnachten nicht viel mehr als ein exotischer Festtag der Ausländer.

Hier in Ithaca waren die Straßen voller Weihnachtsdekorationen. Mrs. Harte kaufte einen abgesägten Baum und stellte ihn mit Hilfe zweier Mieter im Wohnzimmer in einem Ständer auf. Er war so groß, dass er fast die Decke berührte. Ich mochte den Duft der frischen, grünen Zweige. Sibyl und ich halfen Mrs. Harte, winzige Glasfiguren an den Baum zu hängen. Ich ging sehr vorsichtig mit ihnen um. Sie sahen so zerbrechlich aus, dass ich mir sicher war, sie würden in tausend Stücke zersplittern, wenn sie auf den Boden fielen.

Alle, die ich kannte, schienen während der drei Wochen Winterferien wegzufahren. Ellen und Maureen würden nach Hause fahren, nach Cleveland, beziehungsweise nach Buffalo. »Zu Hause kann ich überhaupt nicht vernünftig arbeiten«, beschwerte sich Maureen. »Ich hab zwei Brüder, und die machen sich einen Spaß daraus, mich so lange zu ärgern, bis ich sie anschreie.«

Als sie ihre Brüder erwähnte, musste ich auch an meine denken. Plötzlich hatte ich Sehnsucht nach der rauen Stimme von Ältester Bruder, wenn er mir sagte, ich würde in Kung-Fu Fortschritte machen. Ich wünschte sogar, die Stimme von Zweiter Bruder zu hören, wie er mich ausschimpfte und mir sagte, ich sei eine unerträgliche Göre.

Ich fragte Sibyl, was sie in den Winterferien vorhabe. »Ich fahre nach Hause zu meinen Leuten nach Elmira«, sagte sie. Vor fünf Jahren war sie ausgezogen, um ein unabhängiges Leben zu führen, doch während der Weihnachtsferien fuhr sie immer nach Hause. Es war die Zeit, in der die Familien wieder zusammenrückten.

Ich hatte gedacht, ich hätte meine Einsamkeit überwunden, aber nun stürzte sie wieder über mich herein. Aber wenigstens die chinesischen Studenten würden nicht nach Hause fahren.

L. H. war es sichtlich unangenehm, als ich ihn nach seinen Plänen fragte. »Es wurde was von New York gesagt«, gestand er schließlich, aber Einzelheiten nannte er nicht.

Zwei Tage später erfuhr ich mehr. Ich war endlich wieder einmal zu einem Essen bei den Jungen eingeladen worden. Während des Essens fing dann Celia mit dem Thema an: »Ich habe einen Cousin in New York, der uns für die Ferien eingeladen hat, also L. H., Y. C. und natürlich Loretta.«

Die anderen mieden meinen Blick. Celia machte weiter: »Zu schade, dass mein Cousin keinen Platz für mehr Leute hat. Aber ich bin sicher, Sheila hat schon andere Pläne. Sie kann es sich ja leisten, viel weiter als bis nach New York zu reisen.«

Es fiel mir schwer, auch nur noch einen Bissen zu schlucken. Das Essen erschien mir plötzlich fettig und unappetitlich. Und unwillkürlich sagte ich: »Ja, das stimmt. Ich verreise auch. Ich besuche meine Freundin in San Francisco.«

Zwei Tage zuvor hatte ich einen Brief von Ailin bekommen. Ihre Tage waren nach wie vor mit Arbeit ausgefüllt, aber die Dinge entwickelten sich immer besser für sie und ihren Mann.

Liebe Yanyan,
das Geschäft hat sich so gut gemacht, dass James schließlich entschieden hat, ich könnte einen Tag in der Woche freinehmen. Es ist herrlich, einen ganzen Tag zu haben, an dem ich tun und lassen kann, was ich will!
Wie sehr wünsche ich mir, dass du kommst und uns besuchst! Ich würde dich gerne in San Francisco herumführen und dir zeigen, was für eine schöne Stadt das ist.
Was ist mit den Weihnachtsferien? Hast du da nicht ein paar unterrichtsfreie Wochen?
Ailin

Es war mir gar nicht in den Sinn gekommen, Ailin tatsächlich beim Wort zu nehmen und sie zu besuchen. Ich hatte sehr viel zu lernen und San Francisco lag am anderen Ende Amerikas. Ich hatte die lange Zugfahrt mit den Pettigrews quer durch das Land noch gut in Erinnerung.

Aber nun hatte ich beim Essen den anderen chinesischen Studenten meine Absicht verkündet, nach Kalifornien zu fahren. Ich wollte ihnen zeigen, dass ich eigene Pläne hatte und mich nicht einsam vor Kummer verzehren würde, während sie nach New York fuhren.

Wegen der Reise wollte ich Mr. und Mrs. Pettigrew um Rat fragen. Sie hatten mich eingeladen, Weihnachten mit ihnen zu feiern, aber ich wusste, dass Mrs. Pettigrews Schwester mit ihrer Familie mehrere Tage zu Besuch kommen würde, und Mrs. Pettigrew hätte alle Hände voll mit ihren Hausgästen zu tun.

Als Mrs. Pettigrew von meinem Plan hörte, war sie entsetzt. »Aber warum? Du Ärmste musst dann vier Tage alleine im Zug fahren! Und das ist nur der Hinweg!«

»Es macht mir nichts aus, allein zu reisen, Mrs. Pettigrew«, sagte ich. »In Ithaca wäre ich schließlich auch die meiste Zeit der Ferien alleine.«

Mr. Pettigrew sah mich nachdenklich an. »Ich glaube schon, dass Sheila das kann. Sie ist eine starke junge Frau.« Und dabei lächelte er leicht.

Offensichtlich hatte sich meine Begegnung mit den Footballspielern herumgesprochen. Die Pettigrews wussten es vermutlich von Mrs. Harte und nun fragten mich ihre beiden Söhne nach allen Einzelheiten aus. Sie waren begeistert, jedoch dann bitter enttäuscht, als ich ihnen sagte, ich hätte keine Zeit, sie in Kung-Fu zu unterrichten.

Schließlich, nach vielen Warnungen, nicht mit Fremden zu sprechen, organisierten die Pettigrews meine Reise an die Westküste. Sie begleiteten mich sogar im Regionalzug bis zu der Station, wo ich in den transkontinentalen Zug umsteigen musste, der nach San Francisco fuhr.

Verglichen mit der Fahrt von der Westküste zusammen mit den Pettigrews kam mir diese Reise sowohl länger als auch kürzer vor. Jetzt war Winter, und die grünen Felder, an denen wir damals vorbeigefahren waren, sahen nun kahl und öde aus. Ohne die Pettigrews, die mir von den interessanten Dingen und Orten, an denen wir vorbeifuhren, erzählten, waren die Stunden und Tage lang und eintönig. Die Bahnlinie nach San Francisco verlief etwas südlicher als die von Seattle und es gab lange Strecken mit nichts als Wüste.

Aber in anderer Hinsicht verging die Zeit viel schneller für mich. Die lange Zugfahrt bot mir die Möglichkeit, mich auf die Abschlussprüfung vorzubereiten, die einen Monat nach dem Ende der Ferien stattfinden würde. Als wir durch Kansas fuhren, las ich die *Canterbury Tales* von Chaucer und in Colorado übte ich Differenzialrechnung. Es gab wenig Ablenkung und ich musste noch nicht einmal den steilen Weg von Mrs. Hartes Haus zur Universität hochlaufen. Eigentlich fehlte mir das richtig.

Als wir dann die Grenze von Nevada nach Kalifornien überquerten, wurde ich so aufgeregt bei der Vorstellung, Ailin bald wieder zu sehen, dass ich nicht weiterlernen konnte.

Die Reise endete in Oakland, einer Stadt an der östlichen Küste der Bucht von San Francisco.

Ich hatte Ailin geschrieben und ihr meine Ankunftszeit mitgeteilt. Aber weil der Zug fast eine Stunde Verspätung hatte, war ich unsicher, ob es ihr noch möglich sein würde, mich abzuholen. Mit meinem Koffer stieg ich auf den Bahnsteig hinab, blickte mich um, sah sie aber nicht. Als die meisten anderen Reisenden schon gegangen waren, sah ich immer noch niemanden, der wie Ailin aussah. Mir sank das Herz. Was sollte ich jetzt tun? Hier würde ich nicht einfach eine Rikscha herbeirufen können, die mich zu ihrem Restaurant in San Francisco brachte.

Dann sah ich eine junge Frau, die nervös umherblickte, als würde sie jemanden suchen. Ich kniff die Augen zusammen und schaute genauer hin. Es konnte nicht sein, aber es stimmte! Es war Tao Ailin!

In diesem Augenblick schaute sie in meine Richtung und schüttelte ungläubig den Kopf. »Bist das wirklich du, Yanyan?«

Wir stürmten aufeinander zu, umarmten uns, lachten und weinten zugleich. Es dauerte eine Weile, bis wir etwas Vernünftiges sagen konnten.

»Du siehst so erwachsen aus«, brachte ich keuchend heraus. »Ich hätte dich nie erkannt!«

»Du bist so dünn geworden!«, sagte sie. »Ich kann kaum glauben, dass das die alte Zhang Xueyan ist, die so gerne Klöße gegessen hat!«

Es war jetzt anderthalb Jahre her, dass ich Ailin in Schanghai verabschiedet hatte, aber nun schien es, als wäre es gerade erst gestern gewesen. Schon auf dem Weg zur Fähre, die uns hinüber zur Stadt bringen sollte, unterhielten wir uns wieder genau wie damals als Schulmädchen. Wir hatten uns so viel zu erzählen, dass ich den Ausblick auf San Francisco und die Bucht kaum wahrnahm.

Ailin erzählte mir von einigen Gerichten, die sie gerade für das Restaurant zu kochen versuchte. Sie machte sich über ihre Fehler lustig, aber ich hatte den Verdacht, dass sie mir vieles auch nicht erzählte. Ich berichtete von meinen Missgeschicken im Hauswirtschaftskurs. »Übrigens, vielleicht solltest du dir eine Maschine zum Kohlschneiden anschaffen!«, sagte ich. Als ich ihr von meinem riesigen Haufen geschnittenem Kohl erzählte, musste sie so lachen, dass sich die anderen Passagiere nach uns umsahen. Bis zu diesem Augenblick war mir noch gar nicht bewusst geworden, wie ungeheuer einsam ich in den letzten Monaten gewesen war.

Als die Fähre sich der Anlegestelle näherte, wurden wir wieder ernster. Ich blickte meine alte Freundin an und bemerkte ihre abgearbeiteten Hände. »Hast du es eigentlich bereut, dass du in Amerika geblieben bist und jetzt ein Restaurant betreibst?«, fragte ich.

»Anfangs war das Leben hier sehr schwer, aber ich habe es nicht bereut«, gab sie ruhig zur Antwort. Es war deutlich zu spüren, dass sie die Wahrheit sagte. Plötzlich fing ihr Gesicht an zu strahlen und sie winkte. »Da ist James! Er hat sich sogar freigenommen, um uns abzuholen!«

In ihrer Stimme lag eine solche Freude, dass ich vor Rührung schlucken musste.

Während wir mit der Straßenbahn von der Anlegestelle nach Chinatown fuhren, sah ich mir den Mann, den Ailin geheiratet hatte, genauer an. In einem ihrer Briefe hatte sie geschrieben, dass James fast zehn Jahre älter war als sie. Er sah nett aus, war aber nicht eigentlich schön. Einen Moment dachte ich wieder an Baoshu und wie außerordentlich gut er aussah.

Während der lauten, rüttelnden Straßenbahnfahrt war

es nicht möglich, mehr als nur ein paar Worte mit James zu wechseln, aber in seinen Augen sah ich Humor und Freundlichkeit, wenn er Ailin anblickte. Sie hatte die richtige Wahl getroffen.

»Hier sind wir«, sagte James. Er nahm meinen Koffer und half mir beim Aussteigen.

Wir mussten ein kurzes Stück die Straße entlanggehen und betraten dann das Restaurant, das Ailin und ihrem Mann gehörte. Es hieß *Peng Lai* nach einer mythischen Insel aus der chinesischen Sage. Trotz seines poetischen Namens war es ziemlich klein, kaum größer als der »Pfirsichgarten« in Ithaca, und voller Gäste. Ein etwas gehetzt wirkender Mann kam schnell auf James zu und redete aufgeregt auf ihn ein. Sie sprachen Kantonesisch, so dass ich sie nicht verstehen konnte.

Ailin zog mich mit sich zur Rückseite des Hauses und wir stiegen die Treppe zum ersten Stock nach oben.

»Es tut mir Leid«, sagte sie, »aber ich muss wieder runter und helfen. Das Restaurant ist heute so gut besucht, weil Freitag ist.«

Sie zeigte mir ein kleines Zimmer, von dessen Fenster aus man auf eine Allee blicken konnte. »Das ist unser einziges freies Zimmer. Schieb einfach die Kartons beiseite, dann kannst du deinen Koffer abstellen.«

»Mein Zimmer in Ithaca ist nicht größer«, sagte ich schnell. »Mach dir nur keine Gedanken um mich.«

Ailin lächelte mir kurz zu, drehte sich um und lief schnell die Treppe hinunter. Ich fühlte mich schuldig. Ich kam hier einfach auf Besuch und die beiden hatten doch alle Hände voll zu tun. Andererseits hatte Ailin so glücklich ausgesehen, als sie mich auf dem Bahnhof abgeholt hatte, dass es mir trotz allem nicht Leid tat, hergekommen zu sein.

Ich legte mich kurz aufs Bett, um ein bisschen auszuruhen, und als ich die Augen aufschlug, war es dunkel. Ich griff nach meinem kleinen Reisewecker und sah, dass es bereits halb neun war. Ich hörte jemand die Treppe heraufkommen und Ailin steckte den Kopf ins Zimmer. »Oh, schön, dass du wach bist. Wir haben jetzt Zeit für eine Mahlzeit. Lass uns runtergehen.«

Auf der Treppe roch es nach Essen – chinesischem Essen –, und ich merkte, dass ich einen rasenden Hunger hatte. Im Gastraum saßen nur noch wenige Leute. Die meisten ihrer Gäste waren Chinesen und die aßen in der Regel früher.

Ailin führte mich zu einem der freien Tische. »Du kriegst heute Abend das zu essen, was ich gekocht habe. Bist du dafür mutig genug?«

»Nach Monaten mit Cornedbeef und Kohl, was glaubst du denn?«, sagte ich.

Während Ailin unser Essen holte, kümmerte sich James um die letzten Gäste und gab ihnen das, was sie nicht aufgegessen hatten, in kleine Pappkartons mit.

»Nehmen eure Gäste öfter ihr Essen mit nach Hause?«, fragte ich, als sie alle gegangen waren und James sich zu uns an den Tisch setzte.

»Ja«, bestätigte er. »Alle chinesischen Restaurants hier halten kleine Kartons bereit, damit die Gäste ihre Reste mitnehmen können. Die Gäste bestellen immer mehr, als sie essen können, und es wäre eine große Verschwendung, das alles wegzuwerfen.«

Ich dachte daran, wie ich unser Essen im »Pfirsichgarten« geholt hatte, und mir kam eine Idee. »Warum bietet ihr nicht Mahlzeiten speziell dafür an, dass man sie mit nach Hause nimmt und dort isst?«, fragte ich eifrig. »Dafür könntet ihr auch die Pappschachteln benutzen.«

James sah mich aufmerksam an. »Das ist keine schlechte Idee! Hast du das auf der Universität gelernt?«

Ich schlug die Augen nieder. »Nein, ich war so dumm, ein paar Studenten von der Uni zu einem Abendessen einzuladen, das ich selber zubereiten wollte –« Ich unterbrach mich, als Ailin zu kichern anfing. Ich sah sie an. »Also, du bist ja auch nicht über Nacht eine gute Köchin geworden.«

Ailin hörte auf zu lachen. »Nein, das muss man lange üben. Ich habe für die Warners gekocht und die hatten viel Geduld mit mir.« Sie grinste. »Aber sie hatten auch keine große Wahl. »Entweder sie bekamen mein Essen oder Mrs. Warners viel zu zähe Schweinekoteletts.«

Ich kannte zwar Mrs. Warners viel zu zähe Schweinekoteletts nicht, aber so schlecht wie Cornedbeef und schwefeliger Kohl konnten sie gar nicht schmecken.

James wandte sich Ailin zu und lächelte sie an. Er hatte ein attraktives Lächeln, das ihn gleich viel hübscher machte. »Deine Freundin hat ein gutes Gefühl fürs Geschäft.«

»Wie kannst du das sagen?«, protestierte Ailin. »Yanyan will Ärztin werden.«

»Wir werden nicht alle das, was wir einmal angestrebt haben, oder?«, sagte ich ruhig. Ailin hatte vorgehabt, Lehrerin zu werden, aber diesen Plan hatte sie ja aufgeben müssen. Meine Bemerkung sollte keinesfalls gemein sein. Als ich sah, wie zufrieden sie James' Lächeln erwiderte, war ich beruhigt. Ich hatte sie offensichtlich nicht verletzt.

In den nächsten Tagen versuchte ich, Ailin in der Küche zu helfen, und etwa ab dem dritten Tag fing ich langsam an, eher nützlich zu sein, als zu stören. Ich hatte die Aufgabe, das Gemüse zu waschen und zu schneiden, und mit dem Messer konnte ich nun immer besser umgehen. Einfach nur zusammen mit Ailin in der Küche zu sein gab mir ein warmes Gefühl der Verbundenheit.

Allmählich hatte Ailin genug Vertrauen in meine Fähigkeiten und ließ mich auch an den Herd. Ich durfte das Essen umrühren, das über den lodernden Flammen, die aus der runden Öffnung der Herdplatte leckten, schmorte. Wenn ich mit dem schwarzen, eisernen Wender hantierte, fühlte ich mich fast so stark, als hielte ich ein Schwert in der Hand. Vielleicht behandelten meine Eltern unseren Koch deshalb immer mit solchem Respekt.

Dass ich auch richtig kochen durfte, gab mir Selbstvertrauen, und ich bat Ailin, mir zumindest ein Gericht beizubringen, das ich ganz alleine bewältigen konnte.

»Warum?«, fragte sie lachend. »Willst du eine Pension für chinesische Studenten aufmachen?«

»Was chinesische Studenten betrifft, hast du Recht«, sagte ich. »Ich möchte die gerne noch einmal einladen, um ihnen zu zeigen, dass ich nicht immer alles in einem Restaurant kaufen muss.«

Wir einigten uns auf ein Rezept für sauer-scharfe Suppe. »Das Rezept kommt aus Sichuan«, sagte Ailin. »Bei unseren Gästen wurde sie der große Renner. Es kamen Leute, die speziell nach dieser Suppe fragten.«

Mir gefiel die Idee mit der sauer-scharfen Suppe sehr. Celia kam aus Sichuan, und es würde mir eine große Genugtuung sein, ihr etwas aus ihrer Heimatprovinz vorzusetzen.

Nach Ailins Anweisungen lernte ich zunächst, die Brühe für die Suppe mit etwas Stärke einzudicken und dann Essig und Pfeffer beizufügen, um sie sauer und scharf zu machen. »Du kannst noch klein geschnittenes Gemüse dazugeben, etwas Fleisch oder geschlagene Eier – eigentlich alles, was du willst. So kann man auch gut Reste verwerten«, fügte sie hinzu.

»Eier kann ich schlagen«, sagte ich. »Aber ich bin mir nicht sicher, ob ich auch etwas von Mrs. Hartes Cornedbeef- oder Kohlresten reintun möchte.«

Schließlich hatte Ailin ihren freien Tag, und wir fuhren mit der Straßenbahn durch die Stadt. Wir gingen auf einen windumtosten Felsvorsprung hinaus, der ins Meer ragte. Seit meiner Ankunft in Amerika war ich nicht mehr in die Nähe des Ozeans gekommen, und wenn ich jetzt die schaumbedeckten Wellen sah, musste ich daran denken, dass dieses Meer uns in seiner ganzen Weite von unserem Zuhause in China trennte.

»Willst du für den Rest deines Lebens in Amerika bleiben?«, fragte ich.

»Ja«, antwortete Ailin, ohne zu zögern. »Hier bin ich jetzt zu Hause und hier will ich eines Tages eine Familie gründen.« Dann wandte sie sich mir zu. »Und was ist mit dir? Wirst du nach China zurückgehen?«

»Ja«, sagte auch ich, ohne zu zögern. »Ich bin froh, dass ich an der Cornell Universität zugelassen bin. Sie bietet mir eine gute medizinische Ausbildung und ich möchte mein Studium hier abschließen. Aber es gibt nichts in diesem Land, das mich hält.«

Ailin sah mich neugierig an. »Du klingst sehr einsam. Hast du noch keine richtigen Freunde gefunden?«

Sofort musste ich an L. H. denken, aber er war mit Celia und den anderen in New York. Ich dachte an Maureen und Ellen, die beiden Mädchen in meinem Mathematikkurs. Ich mochte sie, aber ich hatte wenig Gelegenheiten, mit ihnen zusammen zu sein. Ich dachte an Sibyl und die Pettigrews. Sie waren nett zu mir, aber sie waren viel älter. »Nein, Ailin, du bist meine einzige richtige Freundin in Amerika.«

»Was ist mit der Einladung zum Essen, von der du

neulich gesprochen hast?«, fragte Ailin. »Sind die vier nicht irgendwie deine Freunde?«

»Das sind ein paar chinesische Studenten von der Universität, die ich gerne besser kennen gelernt hätte.« Dann wurde mir klar, dass ich L. H. unrecht tat. »Also, da ist ein Junge, der ist netter zu mir als die anderen.«

»Wirklich?«, fragte Ailin und sah auf einmal richtig interessiert aus. »Wie ist er denn so?«

Ich merkte, dass ich Scheu hatte, über L. H. zu reden. »Also, er ist dünn und hat einen schwachen Magen«, sagte ich lahm und verstummte.

Ailin lachte. »Ganz offensichtlich hat er mächtigen Eindruck auf dich gemacht. Magst du ihn?«

»Ich hab gar nicht die Möglichkeit, ihn zu mögen oder nicht zu mögen«, murmelte ich. »Er wird von einem Drachen namens Celia bewacht, die Feuer spuckt, sobald sie mich mit ihm sieht.«

Wir folgten dem sandigen Pfad, vorbei an Büscheln von kräftigem Gras. Ailin brach schließlich das Schweigen: »Du hast früher einmal gesagt, dass du gar nicht erpicht aufs Heiraten bist und dass du vorhast, deinen Lebensunterhalt selbst zu verdienen. Denkst du immer noch so?«

Ich dachte an Baoshu und wie immer verspürte ich einen scharfen Stich. »Da gibt es einen, den hätte ich fast geheiratet ...«

Ailin sah mich scharf an. »Davon hast du mir nie etwas geschrieben!«

Und dann brach der Damm. Es sprudelte regelrecht aus mir heraus, Worte, die ich mich bisher niemandem getraut hatte zu sagen. Ich erzählte ihr von Baoshu, von unserer Reise nach Schanghai und von der immer größer werdenden Anziehung zwischen uns beiden. Ailins Augen wurden groß, als ich erzählte, wie Baoshu der Polizei entkommen war, von seiner Schusswunde und von meiner primitiven Operation, als ich die Kugel herausgebohrt hatte.

»Er hat mich gefragt, ob ich mit ihm fliehen würde«, sagte ich zum Abschluss. Der Hals war mir wie zugeschnürt, und ich hatte Mühe, die Wörter herauszubekommen. »Ich hätte alles aufgeben müssen, alle meine Pläne und das Medizinstudium.«

Ailin sah mich verblüfft an. »Ist das Medizinstudium wirklich so wichtig für dich?«

»Zuerst war ich an der Medizin nur aus Neugier interessiert«, gab ich zu. »Ich wollte wissen, warum einige Behandlungen wirken und andere nicht. Dann wurde mir klar, dass mir die Vorstellung, Menschen gesund zu machen, immer mehr gefiel.« Ich blickte sie kurz an und fuhr fort: »Es gibt einige Krankheiten, die so viel Leid bringen, dass wir einfach eine Möglichkeit finden müssen, sie zu heilen. Tuberkulose zum Beispiel.«

Ailin schloss die Augen. Ihr Vater, den sie sehr geliebt hatte, war an Tuberkulose gestorben. Aber ich musste weiterreden: »Ich wusste, dass das Heilen von Menschen für mich wichtig ist und dass ich Ärztin werden wollte.«

»Du hast also dein Ziel nicht aufgeben wollen, um Baoshu bei seinem Kampf um das, an was er glaubt, zu helfen?«, fragte Ailin und legte damit ihren Finger auf den wunden Punkt meiner Beziehung zu Baoshu.

»Ich denke, ich hätte das Opfer gebracht, wenn ich geglaubt hätte, dass er eine wirklich feste Überzeugung hat«, sagte ich langsam. »Aber die Wahrheit ist, dass Baoshu die Gefahr um der Gefahr willen liebt, und er wollte, dass ich mit ihm komme, weil er dachte, mir gehe es genauso.«

»Du hast gesagt, er hat für die Wiedererrichtung der Mandschu-Dynastie gekämpft«, sagte Ailin. »Da er zur Hälfte ein Mandschu ist, kann ich verstehen, dass er das wollte.«

»Das habe ich zuerst auch gedacht«, sagte ich. »Aber er ist zur Hälfte auch Chinese. Du kannst diese Hälfte nicht einfach wegwerfen.«

»Vielleicht dachte er, China sei in Aufruhr und brauche einen Kaiser, der wieder für Recht und Ordnung sorgt.«

»So hat er es meinem Vater erklärt«, sagte ich. »Aber ich bin mir nicht sicher, wie weit er selbst daran geglaubt hat. Es war wohl das Abenteuer, nach dem er sich sehnte.«

Ich musste daran denken, wie James Ailin voller Liebe und Stolz angesehen hatte. Ohne ihre Hilfe hätte das Restaurant kein Erfolg werden können. Sie war eine echte Partnerin.

Mit Baoshu war das anders. Schließlich kam ich darauf, was mein eigentlicher Grund gewesen war, ihn zurückzuweisen: »Baoshu wollte mich, aber was er noch mehr wollte, war jemand, der ihm folgt und seine Abenteuer teilt.«

Ailin betrachtete mich lange und aufmerksam. Ich entdeckte Mitleid und Bewunderung in ihren Augen. »Ja, ich glaube, es war richtig von dir, Baoshu zurückzuweisen.«

果 *Zehntes Kapitel* 候

Die Reise zurück nach Ithaca schien nicht annähernd so lange zu dauern wie die Hinreise. Wenn ich nicht für die Prüfungen arbeitete, blickte ich auf die vorbeifliegende Landschaft und hegte die Erinnerung an Ailins Gesicht, als sie mir auf dem Bahnhof zum Abschied winkte. Sie wirkte selbstsicher und stolz. Sie hatte auch allen Grund dazu.

Nach der Wärme und dem Sonnenschein Kaliforniens traf mich die klirrende Kälte in Ithaca wie ein Schlag. Ich klapperte mit den Zähnen, als ich den Bahnhof verließ, aber schon während ich den Hügel zu Mrs. Hartes Haus hinaufstapfte, wurde mir von der Bewegung warm. Allerdings war der Aufstieg durch das Eis und den Schneematsch unter den Füßen noch anstrengender als sonst.

Mrs. Harte und Sibyl begrüßten mich mit so ehrlicher Zuneigung und das wärmte mich noch mehr.

»Es tut mir Leid für dich, aber du hast in der letzten Woche einen wirklich guten Schneesturm verpasst«, sagte Sibyl. »Aber mach dir nichts draus, vor Ende der Saison werden wir noch eine ganze Menge davon bekommen.«

Am ersten Unterrichtstag saß ich in Physik neben L. H.

»Das hat nun fast ein ganzes Semester gedauert«, sagte er grinsend, »aber nun haben wir endlich Plätze nebeneinander.«

Plötzlich war ich ein bisschen verlegen und senkte die Augen. An dieses Gefühl war ich nicht gewöhnt. »Und wie war eure Reise nach New York?«, fragte ich, um das Thema zu wechseln.

»Nach einer so langen Zeit hier in dieser abgelegenen Stadt ist das riesige, geschäftige New York sehr aufregend«, antwortete er. Er wollte noch etwas sagen, aber in dem Moment kam der Professor herein und wir mussten uns auf die Vorlesung konzentrieren.

Nach der Stunde begleitete mich L. H., anstatt davonzuhasten. »Ich muss nicht zu meinem Philosophiekurs, weil wir für den Rest des Semesters selbständig arbeiten und Referate schreiben sollen«, erklärte er.

Vorsichtig suchten wir einen Weg über das Universitätsgelände und vermieden die Stellen mit hartem, vereistem Schnee.

»Wie war es an der Westküste?«, fragte L. H.

»Ich war die ganze Zeit in San Francisco und habe im Restaurant meiner Freundin in der Küche geholfen«, sagte ich. Ich blickte zu ihm hinüber, um zu sehen, wie er diese Nachricht aufnahm.

Er rutschte aus und fiel flach auf den Rücken. Während ich ihm auf die Beine half, musste ich lachen. »Ich habe sogar kochen gelernt ... zumindest ein bisschen. Und ich habe alle möglichen guten Sachen aus

San Francisco mitgebracht: getrocknete Kammmuscheln und Shrimps, eingelegtes Senfgemüse und Sojabohnenpaste.«

Als L. H. mich noch immer sprachlos anstarrte, fuhr ich fort: »In den nächsten Tagen lade ich euch alle zum Essen ein, und ich werde versuchen, es selbst zuzubereiten. Außerdem hat mir meine Freundin ein Rezept für eine sauer-scharfe Suppe aus Sichuan mitgegeben, die Celia schmecken müsste.«

Endlich fand L. H. seine Stimme wieder. »Es gefällt dir, immer genau das zu tun, was niemand von dir erwartet, oder?«

Das hatte er schon einmal gesagt und als Kompliment gemeint. Ich nahm es auch jetzt so an. Wir waren bei meinem Hauswirtschaftsraum angekommen, und ich konnte es kaum erwarten, den anderen Studentinnen zu zeigen, wie sehr sich meine Fähigkeiten im Gemüseschneiden verbessert hatten.

Genau wie Sibyl vorhergesagt hatte, bekamen wir Schneestürme, einen nach dem anderen, den ganzen Januar über. Die Straßen waren gesäumt von aufgehäuften Schneemassen, die bald höher waren als ich. Den Berg zur Universität hinaufzukommen war schwere Arbeit. Jemanden zum Essen einzuladen kam gar nicht infrage. Ich registrierte den Schnee kaum, denn ich war völlig vertieft in die Vorbereitungen für die Abschlussprüfungen, die einen Monat nach dem Ende der Winterferien stattfinden sollten. Diese Prüfungen waren für mich von entscheidender Bedeutung, denn die Ergebnisse würden darüber entscheiden, ob ich im nächsten Semester als reguläre Studentin auf die Universität gehen konnte.

Trotz meiner Angst vor den Prüfungen hatte ich doch auch Spaß an der Herausforderung. Auf der MacIntosh-Schule waren mir die meisten Fächer leicht gefallen und selten hatte ich eine Prüfung belastend gefunden. Hier nahm ich die Prüfungen so ernst, dass ich fast das Gefühl hatte, in diesen ganzen Anforderungen zu ertrinken. Die Hymne der Cornell Universität fing so an: »Hoch über dem Wasser des Cayuga-Sees mit seinen blauen Wellen ...« Das war alles, was ich tun konnte: den Kopf über diese blauen Wellen zu halten. Und trotzdem fand ich diesen Kampf berauschend.

Nach der letzten Prüfung begann eine Phase des ängstlichen Wartens. Ich wollte mit niemandem sprechen, selbst nicht mit so netten Menschen wie Sibyl, und die meiste Zeit verbrachte ich in meinem Zimmer und schrieb Briefe.

Liebe Ailin,
ich weiß nicht, ob ich meine Prüfungen bestanden habe oder nicht, aber ich habe den Prüfungskampf genossen. Noch viel mehr genossen habe ich aber, den Leuten zu erzählen, dass ich in den Winterferien bei dir kochen gelernt habe. Sobald sich die Gelegenheit ergibt, werde ich dein Rezept für die sauer-scharfe Suppe ausprobieren!

Der Besuch bei dir hat mir nicht nur den Trost gegeben, den ich brauchte, sondern auch einiges in meinem Kopf geklärt. Ich danke dir, meine liebste Freundin! Ich hoffe, wir können uns bald wieder treffen.

Yanyan

Als unsere Noten schließlich bekannt gegeben wurden, war ich ungeheuer erleichtert, dass ich alle Kurse bestanden hatte. Wie erwartet hatte ich die schlechteste Note in Physik, wo ich gerade noch so durchgerutscht war.

L. H. tröstete mich. »Du hättest den Kurs im zweiten Jahr nehmen sollen. Die meisten Studenten machen das.«

»Ich weiß«, gab ich ihm Recht. »Mein Studienberater hat mir ja nachdrücklich gesagt, dass der Kurs zu schwer für mich sei. Aber ich wollte ihm zeigen, wie tapfer ich bin. Jetzt weiß ich, dass das kein Mut war, sondern Leichtsinn.«

»Willst du den Physikkurs nun im zweiten Semester sein lassen?«, fragte L. H.

»Nein, ich versuche dranzubleiben«, sagte ich. »Ich habe einen Fehler gemacht, und ich bin bereit, dafür zu bezahlen. Ich gebe nicht gern auf.«

In Mathematik war ich nicht so schlecht, obwohl meine Note weit hinter der von Maureen und Ellen lag. Zur Empörung vieler Jungen aus dem Kurs (und wahrscheinlich auch des Lehrers) hatten die beiden Mädchen Spitzennoten bekommen.

In Englisch hatte ich es geschafft, mich in der Sprache Shakespeares nicht vollständig zu blamieren, aber die größte Überraschung kam in Hauswirtschaftslehre. Die Lehrerin hatte geschrieben, dass ich die Schülerin mit der stärksten Leistungssteigerung gewesen sei, und meine Bemühungen verdienten eine besondere Erwähnung.

Für das nächste Semester konnte ich mich also als reguläre Studentin einschreiben. Die bestandenen Prüfungen bedeuteten für mich, dass ich in einem Wohnheim auf dem Universitätsgelände wohnen würde. Der Vorteil davon war, dass ich nicht zweimal am Tag den Berg hochsteigen musste, aber es tat mir auch Leid, mich von Mrs. Harte und Sibyl trennen zu müssen. Sie waren mir fast wie eine Familie gewesen.

In einem der Wohnheime zu wohnen, brachte noch einen anderen Vorteil. Nun konnte ich die anderen Studentinnen wie Maureen und Ellen häufiger treffen. Sogar Celia musste mich jetzt als reguläre Studentin akzeptieren.

Nach dem Ende der Prüfungszeit und vor dem nächsten Semester gab es eine kurze Pause, zu kurz für eine Reise, aber lange genug, um sich nach den Prüfungen entspannen zu können.

An einem Sonntag – ich war wie üblich bei den Pettigrews zum Essen eingeladen – traf ich kurz nach Mittag ein und freute mich auf ihre freundliche, warmherzige Art und die stürmische Begrüßung der Jungen.

Als die Tür aufging, stand Mrs. Pettigrew mit einem breiten Lächeln auf dem Gesicht vor mir. »Wir haben eine Riesenüberraschung für dich, Sheila!«

Im Wohnzimmer sah ich dann Mr. Pettigrew, der mit einem Fremden sprach. Ich schaute noch einmal hin und ein regelrechter Schock durchfuhr mich. Das war kein Fremder, das war Baoshu!

Als ich ihn das letzte Mal gesehen hatte, war er ein erschöpfter, zerlumpter Rikschafahrer gewesen mit einem Strohhut auf dem Kopf.

Das Einzige, was ich herausbrachte, war: »Ist die Polizei immer noch hinter dir her?« Baoshu lachte.

Als ich mich langsam von meinem Schock erholt hatte, betrachtete ich ihn mir genauer. Sein Haar war ordentlich geschnitten, und er trug einen westlichen Anzug, in dem er sich sichtlich wohl fühlte.

Mrs. Pettigrew schien etwas verwirrt.

»Meine Liebe«, sagte Mr. Pettigrew zu seiner Frau, »das letzte Mal begegnete ich diesem jungen Mann in einem Zug, und er war ziemlich unverschämt zu einer Großnase, die mit ihm im selben Abteil reiste. Nun scheint er ein weltmännischer Diplomat zu sein, der die Mandschu-Exilregierung vertritt.«

»Stimmt das?«, fragte ich Baoshu. »Ist das nicht wieder eine deiner Verkleidungen?«

Er lächelte. »Das ist meine echte Identität, ob du es glaubst oder nicht. Ich arbeite für die Mandschu-Regierung, die jetzt ihren Sitz in Japan hat. Da mein Vater vor der Revolution kaiserlicher Beamter war und meine Mutter eine Mandschu ist, war es selbstverständlich für sie, mich einzustellen.«

Mrs. Pettigrew war bei unserer auf Chinesisch geführten Unterhaltung ungeduldig geworden. »Wir wollen jetzt zu Tisch. Das Essen wird sonst kalt.«

Wir setzten uns, auch die beiden Jungen kamen dazu. Eine Zeit lang drehte sich das Gespräch um den Wintersport in Ithaca. Baoshu sprach zwar mit schwerem Akzent, aber gut genug Englisch, um die Jungen über das Skifahren auszufragen, etwas, das er noch nie versucht hatte.

Nach dem Essen wollten sich die Jungen mit ein paar Freunden treffen. Mrs. Pettigrew ging in die Küche, um zu spülen. Wie immer bot ich an, ihr zu helfen, und wie immer lehnte sie ab. »Ich habe jetzt sehr viel mehr Übung«, versicherte ich ihr. »Bei meiner Freundin im Restaurant habe ich gelernt, Geschirr zu spülen, ohne es zu zerbrechen oder anzuschlagen.«

»Nein, meine Liebe«, sagte sie. »Ich brauche deine Hilfe nicht.« Dann zwinkerte sie mir zu. »Geh und unterhalte dich mit deinem Freund. Ich hatte ja keine Ahnung, dass du einen so bezaubernden Verehrer vor uns geheim hältst!«

Ich ging zu Mr. Pettigrew und Baoshu ins Wohnzimmer, wo sich die beiden gerade über die Möglichkeit unterhielten, den Kaiser nach China zurückzubringen.

»Glauben Sie wirklich, Sie haben eine Chance?«, fragte Mr. Pettigrew. »Ich habe den Eindruck, dass die Zeit für eine Wiedereinsetzung des Kaisers vorbei ist. Zusätzlich zu den verschiedenen Kriegsherren gibt es einige Gruppierungen, die wachsenden Einfluss nehmen, wie die Kuomintang, die Kommunisten und einige andere.«

»Da mögen Sie Recht haben«, gab Baoshu zu, doch er sah keineswegs entmutigt aus. »Was unter den Exilisten diskutiert wird, ist die Gründung eines unabhängigen Staates Mandschurei.«

»Wenn die Mandschus einen eigenen Staat gründen, werden das die Mongolen, die Tibetaner, verschiedene Muslimgruppen und andere Minderheiten auch tun!«, rief ich aufgebracht. »Dann wird China in Stücke zersplittert, genau wie in der Bürgerkriegszeit. Dann gibt es endlose Kämpfe und unser Land blutet völlig aus!«

»Genau das passiert gerade auf dem Balkan«, sagte Mr. Pettigrew. Er blickte Baoshu an. »Die Vorstellung von endlosen Kämpfen scheint Ihnen nicht unbedingt zu missfallen.«

»Aber wir haben doch bereits einen endlosen Kampf«, erklärte Baoshu. »Es ist höchste Zeit für eine neue Stabilität.«

Ich sah ihn mir genau an. In seinen Augen war ein Glitzern, ein Hunger nach Aufregendem, nach Abenteuer. Stabilität war für jemanden wie ihn wahrscheinlich langweilig.

Mr. Pettigrew dachte wohl auch so über ihn wie ich. »Wissen Sie, junger Mann, ich glaube nicht, dass Sie zum Diplomaten geschaffen sind. Tief im Inneren sind Sie eigentlich ein Abenteurer!«

Baoshu lachte. »Vermutlich haben Sie Recht«, sagte er. Offensichtlich verstand er Mr. Pettigrews Bemerkung als Kompliment.

»Warum bist du nun hierher in dieses Land gekommen?«, fragte ich ihn. »Glaubst du, du findest hier Unterstützung für eine unabhängige Mandschurei?«

Er nickte. »Du wärst überrascht, wenn du wüsstest, wie viele Amerikaner dafür sind. Es hat sich auch herausgestellt, dass die Japaner eine unabhängige Mandschurei mit Pu Yi, dem letzten Kaiser der Qing-Dynastie, deutlich bevorzugen.«

»Viele Leute sehen es lieber, wenn China schwach und zerstückelt bleibt«, murmelte Mr. Pettigrew. »Ein starkes und geeintes China ist ihnen zu bedrohlich!«

»Ist es das, was du willst, Baoshu?«, wollte ich wissen. »China schwach und zerstückelt? Oder hältst du dich selbst nur für einen Mandschu und überhaupt nicht für einen Chinesen?«

Mrs. Pettigrew kam mit Kaffeetassen auf einem Tablett herein. »Meine Güte! Was für ernste Gesichter!« Sie wandte sich an ihren Mann. »Sicher langweilst du unsere Gäste wieder mit deinem politischen Gerede, George.«

Sie reichte jedem eine Tasse Kaffee und bot Sahne und Zucker an. Unsere Unterhaltung ging auf Englisch über und Mrs. Pettigrew fragte Baoshu, wo in Amerika er schon überall gewesen sei.

»Hauptsächlich in New York City und Washington

D. C.«, antwortete er. »Und natürlich musste ich nach Ithaca kommen, da ich wusste, dass Miss Zhang hier die Universität besucht. Ich erinnerte mich, dass Professor Pettigrew an der Cornell unterrichtet, und so fand ich den Weg zu Ihrem Haus.«

»Woher hast du gewusst, dass ich hier auf die Universität gehe?«, fragte ich.

Er lächelte. »Oh, ich habe so meine Quellen.«

»Ich bin sicher: Wo ein Wille ist, ist auch ein Weg«, sagte Mrs. Pettigrew und lächelte.

Nachdem er seinen Kaffee getrunken hatte, dankte Baoshu den Gastgebern und stand auf, um sich zu verabschieden. »Es war sehr freundlich von Ihnen, mich einzuladen«, sagte er zu Mr. Pettigrew. Dann grinste er und fügte noch hinzu: »Besonders, nachdem ich im Zug so rüpelhaft zu Ihnen war.«

Er wandte sich an mich. »Es ist ein schöner Tag für einen Spaziergang und wir haben noch immer ein paar Dinge zu besprechen, Yanyan.«

Er hatte Recht. Es musste noch das eine oder andere gesagt werden.

Draußen schlug ich automatisch den Weg zur Cacadilla-Schlucht ein. Der Schnee auf den Bergen zu beiden Seiten des Wegs blendete im hellen Sonnenlicht. Baoshu schritt aus, als mache es ihm Spaß, den Schnee unter den Füßen knirschen zu hören. Baoshu stammte aus dem Norden. An Kälte und Eis hatte er seine Freude.

Kurz vor der Schlucht hielten wir an. »Du hast sehr abgenommen«, sagte Baoshu und betrachtete mich prüfend.

»Du meinst, ich bin kein saftiger kleiner Leckerbissen mehr?«, fragte ich unwillkürlich.

Er lächelte. »Du bist trotzdem dieselbe alte Yanyan. Ich bin froh darüber.«

Wir liefen Gefahr, wieder in dasselbe Muster zu verfallen wie damals in der Gasse in Schanghai. Ich nahm mich zusammen. »Nein, Baoshu, ich bin nicht dieselbe alte Yanyan. Ich bin jetzt erwachsen.«

Er lächelte immer noch. »Ich hoffe, das bedeutet nicht, dass du den Geschmack am Risiko verloren hast.«

»Nein, aber ich gehe kein Risiko um des Risikos willen ein«, sagte ich. »Ich riskiere nur etwas für eine Sache, an die ich glaube.«

Baoshus Gesicht wurde ernst. »Ich möchte, dass du Ithaca verlässt und mit mir kommst, Yanyan.«

»Ich habe dir schon einmal gesagt, dass ich das nicht kann«, sagte ich. »Für mich gibt es in deiner Welt keinen Platz.«

»Aber doch! Es wird wieder einen kaiserlichen Hof geben und als meine Frau wirst du dort in Rang und Ehren stehen.«

Ich schüttelte den Kopf. »Kannst du dir das wirklich vorstellen? Mich als Hofdame? Ich kann nicht stillsitzen und meine Stimme ist zu laut. Innerhalb von einer Woche würde ich vor Langeweile sterben.«

»Dann komm wegen des Abenteuers mit!«, sagte er. Seine Augen leuchteten. »Ich verspreche dir, dass du dich nicht langweilen wirst. Wir werden viele Gefahren und Hindernisse zu überwinden haben. Reizt dich das denn nicht?«

Wieder schüttelte ich den Kopf. »Nicht einmal die Aussicht darauf, noch mehr Kugeln herauszuschneiden. Siehst du denn nicht, Baoshu, Abenteuer sind eher für Kinder. Ich bin nun erwachsen und ich möchte Ärztin werden. Hier an der Uni habe ich die Möglichkeit, die Ausbildung zu bekommen, die ich brauche.«

»Brauche? Aber *ich* brauche dich, Yanyan! Komm mit mir!«

»Nein, ich kann nicht«, flüsterte ich.

Baoshu kam einen Schritt näher.

»Sie hat doch schon gesagt, dass sie nicht kann«, sagte L. H. Er trat hinter der Wegbiegung hervor, wo er unsichtbar für uns gestanden hatte. In seinem dicken Wintermantel sah er noch immer aus wie der unterernährte Gelehrte aus einer chinesischen Oper.

»Geh weg!«, sagte Baoshu und warf L. H. nur einen flüchtigen, verächtlichen Blick zu.

»Nur wenn du Sheila in Ruhe lässt«, sagte L. H.

Baoshu fing an zu lachen. »Wer ist Sheila?« Er wandte sich mir zu und lachte wieder. »Hörst du wirklich auf diesen lächerlichen Namen Sheila?«

Langsam wurde ich wütend. Ich konnte den Namen Sheila nicht ausstehen, aber das war allein meine Angelegenheit. Ich mochte es nicht, wenn Baoshu für mich bestimmen wollte, was lächerlich war und was nicht. »Für meine Freunde ist der Name Sheila gut genug«, sagte ich mit zusammengebissenen Zähnen.

»Wir haben genug Zeit vergeudet«, sagte Baoshu ungeduldig und griff nach mir. »Wir gehen jetzt, Yanyan!«

»Ich lasse nicht zu, dass du sie mitnimmst«, sagte L. H.

Baoshu drehte sich langsam um und zum ersten Mal sah er L. H. richtig an. »Hast du etwa vor, mich aufzuhalten?«

Obwohl er in seinen warmen Mantel gehüllt war, sah L. H. verfroren aus. »Ja.«

Plötzlich wurde mir klar, dass wir direkt über dem Abgrund der Schlucht standen. Auch Baoshu bemerkte es. »Weißt du«, sagte er mit gedehnter Stimme, »wenn du dich mir in den Weg stellst, könnte ich dich leicht in die Schlucht stoßen.«

»Nein, das kannst du nicht«, sagte L. H.

»Wieso nicht?«, fragte Baoshu und seine Stimme klang tatsächlich neugierig.

L. H. zeigte auf mich. »Weil sie dich dann ein Leben lang verachten wird.«

Baoshu starrte ihn an. Zum ersten Mal wirkte er unsicher, als er zwischen L. H. und mir hin und her blickte. Ein Eisklumpen löste sich von einem Ast und fiel in die Schlucht. Es dauerte ziemlich lange, bis ich ihn unten aufschlagen hörte.

»Komm mit mir, Yanyan«, sagte Baoshu noch einmal.

»Nein«, sagte ich zum letzten Mal.

Baoshu schien vor Wut fast zu platzen. Als er einen Schritt auf mich zumachte, stellte sich L. H. vor mich hin und versperrte ihm den Weg.

Die beiden standen so nahe beieinander, dass sich ihr weißer Atem vor den Gesichtern vermengte.

Ich bin sicher, Baoshu hätte seine Drohung wahr gemacht, wenn L. H. »hassen« statt »verachten« gesagt hätte. Doch L. H. hatte Baoshus Charakter erkannt und wusste, dass Verachtung das Einzige war, was Baoshu nicht ertragen konnte.

Irgendetwas in Baoshu schien zusammenzubrechen. Der wütende Ausdruck auf seinem Gesicht verblasste. Langsam drehte er sich um und ging davon. Doch nach drei Schritten hielt er an, blickte mich über die Schulter an und sagte: »Ich gebe nicht auf, Yanyan.« Ich konnte nicht erkennen, ob in seiner Stimme Hoffnung oder Verzweiflung lag.

Baoshus knirschende Schritte verklangen. Dieses Geräusch würde mich noch lange verfolgen. Plötzlich wurden meine Knie weich und ich sackte in den Schnee. Dann merkte ich, dass ich weinte und meine Nase lief.

»Ich hätte nie gedacht, dass Erwachsenwerden so wehtut«, schluchzte ich.

Nach einer Weile hörte ich L. H. sagen: »Was ich an dir so mag, ist, dass du immer das Unerwartete tust.«

Ich versuchte, mir die Wangen abzuwischen, doch ich verschmierte nur alles über mein Gesicht. »Was hast du nicht erwartet? Dass ich erwachsen werde?«

»Nein, ich habe nicht erwartet, dass du weinst«, antwortete er. »Dass du schon erwachsen geworden bist, das wusste ich.«

Ich versuchte mich aufzurappeln und L. H. reichte mir die Hand. »Wann b-bin ich e-erwachsen g-geworden?«, fragte ich. Mein Hals war vom Schluchzen rau, und es tat weh, zu sprechen.

»Als du zugegeben hast, den Kurs in Physik zu unbedacht gewählt zu haben, aber zugleich erklärt hast, dass du im nächsten Semester damit weitermachen willst.« Er lächelte mich an. »Es verlangt Mut, erwachsen zu werden.«

»Es hat Mut verlangt, sich vor Baoshu zu stellen«, sagte ich. »Das war keine leere Drohung, dass er dich in die Schlucht stoßen wollte.«

»Ich weiß, dass es keine leere Drohung war«, sagte L. H. »Aber manche Dinge sind das Risiko wert.«

Nun fing ich an, unkontrolliert zu zittern. L. H. knöpfte seinen Mantel auf und wickelte ihn um uns beide. Ich musste mich an ihn lehnen, ich brauchte seine Unterstützung, weil meine Beine noch immer unter mir nachzugeben drohten.

Doch diese Unterstützung würde nicht immer nur einseitig sein. Ich hatte L. H. vor den Football-Spielern gerettet und auch in Zukunft würde er wohl meine Hilfe akzeptieren. Baoshu dagegen würde immer darauf bestehen, dass er der Stärkere wäre.

Baoshus Bild hatte sich in meiner Brust wie eine Gewehrkugel festgesetzt. L. H. hatte dabei geholfen, sie zu entfernen, und die Operation war qualvoll gewesen. Doch dann, als die Kugel draußen war, konnte alles anfangen zu heilen.

In der Wärme, die ich mit L. H. teilte, hörte mein Zittern allmählich auf, und wir gingen langsam zurück, weg von der Schlucht.

Über die Mandschus, die Mandschurei und Mandschukuo

Das Volk der Mandschus ist nicht chinesischer Abstammung. Sie kommen aus dem nordöstlichen Gebiet Chinas, der Mandschurei, die heute die Provinzen Liaoning, Jilin und Hailongjiang umfasst. Die Sprache der Mandschus ist mit dem Mongolischen und der Sprache anderer Turkvölker verwandt.

In der Mitte des 17. Jahrhunderts war die chinesische Ming-Dynastie korrupt und unfähig geworden und das Land wurde von Aufständen zerrissen. Die Mandschus, unterstützt von einigen chinesischen Rebellen und verachtet von den Ming, ergriffen die Gelegenheit, in China einzumarschieren.

Die Eroberung Chinas war erfolgreich. Im Jahr 1644 besetzten die Mandschus Peking und gründeten eine neue Dynastie, die Qing. Sie zwangen alle chinesischen Männer, die Haartracht der Mandschus mit hoch rasierter Stirn und langem Zopf im Nacken zu übernehmen. Die Mandschu-Frauen hatten keine eingebundenen Füße, und die neuen Herrscher versuchten, allerdings ohne Erfolg, die chinesischen Frauen von diesem alten Brauch abzubringen.

Die frühen Qing-Herrscher, insbesondere Kangxi und

Qianlong, waren energisch und fähig. Unter ihrer Herrschaft genoss China eine lange Periode von Reichtum und Stabilität. Aber wie auch bei anderen Dynastien wurden die späteren Herrscher träge und dekadent. Die Macht ging auf Eunuchen, die Witwen der Kaiser und intrigierende Höflinge über.

Während des 19. und frühen 20. Jahrhunderts erlitt China eine Reihe beschämender Niederlagen durch ausländische Truppen, besonders im Opiumkrieg und im Zusammenhang mit der Rebellion von Taiping und dem Boxeraufstand. Großbritannien, die USA, Frankreich, Deutschland, Russland und Japan versuchten, China aufzuteilen, so wie sie es mit Afrika und großen Teilen Südostasiens getan hatten.

1911 wurde die Qing-Dynastie schließlich gestürzt, und eine Republik wurde gegründet, die allerdings fast nur dem Namen nach eine Republik war. Rund zwanzig Jahre lang blieb China ein zerrissenes Land, in dem einzelne Kriegsherren wie unabhängige Könige über verschiedene Landesteile herrschten. Allmählich bildeten sich jedoch zwei dominierende Gruppierungen heraus: Die Kuomintang, später die Nationalisten genannt, und die Kommunisten.

Japan errang die Macht in der Mandschurei mit dem Ziel, die reichen Bodenschätze auszubeuten. 1932 gründeten die Japaner den Marionettenstaat Mandschukuo mit dem abgesetzten Mandschu-Kaiser Pu Yi als Staatsoberhaupt. 1937 begann Japan mit der Besetzung ganz Chinas.

Mit der Niederlage Japans am Ende des Zweiten Weltkriegs erhielt China seine Souveränität zurück. Nachdem die Kommunisten 1949 das Land unter ihre Kontrolle gebracht hatten, wurden die drei mandschurischen Provinzen ein Bestandteil der Volksrepublik China.

Lensey Namioka

Ailins Weg

Roman

Aus dem Englischen von Anna Blankenburg

Gebunden, 192 Seiten (89106)

Ailin möchte rennen und springen können und nicht nur so geziert trippeln wie ihre älteren Schwestern. Sie wehrt sich entschieden dagegen, die Füße eingebunden zu bekommen. Aber mit »großen«, unversehrten Füßen wird sie in China um 1900 keinen Mann finden. Ihr bleibt nur der eigene Weg – ein harter Weg für ein junges Mädchen in einem konservativen, noch von alten, festgefahrenen Traditionen bestimmten Land!

»Davon, dass verkrustete Konventionen aufgebrochen werden müssen, wenn sie die Menschen einengen, legt dieses interessante Jugendbuch Zeugnis ab.« *Berliner Morgenpost*

»Ein Roman, der Mut macht, der eigenen Stimme zu vertrauen, und dem man möglichst viele jugendliche und erwachsene Leserinnen, aber auch Leser wünschen möchte.« *Mannheimer Morgen*

»Ein wichtiges, hervorragend geschriebenes Buch!« *Süddeutsche Zeitung*

www.beltz.de
Beltz & Gelberg, Postfach 10 01 54, 69441 Weinheim

Luanne Armstrong

Annie

Der weite Weg nach Westen

Roman

Aus dem Englischen von Birgitt Kollmann

Beltz & Gelberg Taschenbuch (78849), 400 Seiten *ab 11*

Nachdem ihre Eltern während des Trecks nach Westen gestorben und ihre Brüder bei anderen Familien untergebracht sind, hält Annie es in der Enge der Siedlung nicht mehr aus. Sie bricht auf, ganz allein, nur mit ihrem Pferd, ihrem Hund und ihrem Gewehr. Auch ihr Ziel ist der Westen, wo sie ein Stück Heimat finden möchte, eine Farm bewirtschaften und die Geschwister nachholen. Aber in den endlosen Weiten der Prärie lauern Gefahren: Wölfe, Bären und die Indianer, vor denen man sie am meisten gewarnt hat. Da ist es gut, dass Annie ausgezeichnet schießen kann. Auf ihrer Reise lernt sie auch, dem eigenen Instinkt und der eigenen Erfahrung zu vertrauen – und stellt fest, dass vermeintliche Feinde oft Freunde sind und umgekehrt.

www.beltz.de
Beltz & Gelberg, Postfach 10 01 54, 69441 Weinheim

Bart Moeyaert
Es ist die Liebe, die wir nicht begreifen
Roman
Aus dem Niederländischen von Mirjam Pressler
Gebunden, 112 Seiten (80887)

»Warum lässt sich unsere Mutter immer wieder mit solchen Männern ein? Wir müssen dann sehen, wie wir sie wieder loswerden. Der letzte hieß Bordzek. Zum Glück ist er fort – die kleine Edie hat ihn mit nur einem einzigen Satz in die Flucht geschlagen. Jetzt warten wir auf Skip den Bootsmann. Mal sehen, ob wir diesmal einen Vater bekommen, der was taugt. Nur schade, dass Axel, unser großer Bruder, fortgeht. Aber das ist eine andere Geschichte ...« Mit distanziertem und zugleich innigem Blick erzählt ein Mädchen von der ganz normalen Sehnsucht nach Geborgenheit. Und von vier Geschwistern, die so viel mehr von der Liebe verstehen als ihre Mutter.

»Ein Konflikt, getragen von großer Wärme und Zärtlichkeit zwischen den Geschwistern und gebrochen durch feine Ironie ... Moeyaert erzählt von der Liebe, von Verlust und Abschied, von Kindheit, Jugend und Alter. Er erzählt vom Leben.« *Frankfurter Rundschau*

»Moeyaerts Geschichten sind Gleichnisse von der ungeheuren Vielfalt dessen, was sich Liebe nennt, von Rohheit und Zartheit, von Unerschütterlichkeit und Zerbrechlichkeit, von Illusion und Wahrhaftigkeit.« *Süddeutsche Zeitung*

»Die reduzierte Erzählweise Moeyaerts lässt so viele Freiräume und Lücken, dass man mühelos hindurchschlüpfen und sie mit eigenen Erfahrungen und Assoziationen füllen kann.« *Der Tagesspiegel*

»Bart Moeyaert hat das Zeug dazu, Jugendlichen brisante Themen, die sie unmittelbar angehen, ans Herz zu legen ... Er schreibt Geschichten, die so spannend sind, dass sich die Leser in sie hineinziehen lassen, mit roten Ohren das Unglaubliche aufnehmen und am Ende mit Schrecken feststellen, dass es eigentlich um sie selber geht.«
Salzburger Nachrichten

www.beltz.de
Beltz & Gelberg, Postfach 10 01 54, 69441 Weinheim

Laurie Halse Anderson
Sprich
Roman
Aus dem Englischen von Birgitt Kollmann
Gebunden, 280 Seiten (80886)

Es ist Melindas erstes High-School-Jahr; darauf hatte sie sich gefreut. Doch jetzt ist es wie ein böser Traum: Von ihrer Freundin wird sie geschnitten, die neuen Mitschüler reagieren abweisend. Melinda gilt als Zicke, seit sie auf jener Party die Polizei gerufen hat, aber nicht sagen wollte, warum. Sprechen kann und will sie darüber nicht. Es braucht ein Jahr, das ganze Schuljahr, bis Melinda ihre Sprache wiederfindet – und mit ihr die Kraft, sich zu wehren.

»Ein erstaunlicher Erstling … Laurie Halse Anderson spickt ihren Roman mit Witz, der die Protagonistin durch ihre Schwierigkeiten trägt. Melindas Verwandlung berührt einen und zieht die Leser gleichzeitig in ihren Bann.« *Publishers Weekly*

»Selbst unter der Vielzahl der guten Jugendbücher ein außergewöhnliches Werk.« *Süddeutsche Zeitung*

»Bis Melinda am Ende des Buches wieder spricht, kann man mit ihr zum Glück nicht nur leiden, sondern zuweilen auch herzlich lachen.« *Stuttgarter Nachrichten*

www.beltz.de
Beltz & Gelberg, Postfach 10 01 54, 69441 Weinheim